왜 영어 공부 안 하면 안 되나요?

왜 영어 공부 안 하면 안 되나요?

1판 1쇄 펴냄 2013년 7월 20일
1판 4쇄 펴냄 2014년 11월 24일

지은이 손민지
그린이 전정화
편집 박경화, 최민경, 황설경, 이은영, 유나리
마케팅 송만석, 한아름

펴낸이 하진석
펴낸곳 참돌어린이

주소 서울시 마포구 독막로 3길 8
전화 02 - 518 - 3919
팩스 0505 - 318 - 3919
이메일 book@charmdol.com
신고번호 제313 - 2011 - 157호
신고일자 2011년 5월 30일

ISBN 978 - 89 - 97592 - 37 - 1 64800

왜 영어 공부 안 하면 안 되나요?

손민지 지음 · 전정화 그림

한은화(서울시교육연구정보원 초등영어 학교컨설팅 지원단) 감수

참돌어린이

여러분은 '영어' 하면 어떤 느낌이 드나요?

대부분 영어를 어렵고 재미없는 과목으로 생각할 거예요. 그렇기 때문에 영어에 관한 언어 장벽이 생기죠. 영어를 처음부터 잘하는 사람은 없어요. 흥미를 가지고 꾸준히 노력했을 때 영어와 친밀해지는 것이지요.

이 책에 나오는 반기문 UN 사무총장님 역시 처음부터 영어를 잘했던 것은 아니에요. 비료 공장에 들어가 외국인의 발음을 녹음하는 등 영어를 배우기 위해 여러 노력을 했지요. 힘든 환경을 극복한 덕분에 영어와 가까워졌고 꿈도 이루게 되었어요. 이렇듯 다양한 방법으로 우리는 영어를 공부하고 내 것으로 만들어야 해요.

영어는 또 다른 언어예요. 언어를 배우는 데 가장 중요한 투자는 바로 시간입니다. 적절한 시기에 적절한 노력을 해야 실력이 생깁니다. 우리나라 말고도 세계 각국에서 영어 전쟁을 치르고 있어요.

비영어권 국가 중 영어 실력이 가장 뛰어나다는 북유럽 국가인 스웨덴, 노르웨이, 핀란드가 대표적인 사례이지요. 이 국가들의 특징은 초등학교 1학년 때부터 본격적으로 영어를 교육하는 것이에요. 영어의 공교육 시간이 다른 나라보다 현저히 떨어지는 우리나라는 영어 사교육비 비중이 전체 교육비의 무려 절반에 가까운 47퍼센트에 이르고 있어요. 영어에 실로 엄청난 투자를 하는 것입니다. 이렇게 돈을 쏟아붓는 만큼 실력도 따라 주고 있을까요?

우리나라의 토플 성적은 147개국 중 77위라고 합니다. 돈을 쏟아붓는 만큼 영어 실력이 늘어나는 것은 아니라는 사실을 보여 주는 결과이죠. 15조 원이라는 막대한 돈이 영어 사교육에 사용되고 있다고 해요. 초등 교육에서 영어 도입 시기가 느리고 그 시간이 너무 짧으며, 토플에서 점수 비중이 높은 쓰기와 말하기 기회가 공교육에서는 많지 않다는 것이 문제입니다. 또한, 토플에서 요구하는 미국식 논리적 틀에 익숙하지 못한 것도 하나의 원인이지요.

우리는 왜 이렇게 막대한 돈을 들여가면서까지 영어를 공부하는 것일까요? 그리고 어떻게 하면 보다 효과적으로 영어를 공부할 수 있을까요?

이 책을 통해 어린이 여러분이 왜 영어 공부를 해야 하는지 그 중요성을 깨달을 수 있어요. 실제 영어로 꿈을 이룬 인물들을 만나 보고, 영어가 어려운 이유를 생각해 보면서 재미있고 흥미롭게 공부할 수 있는 영어 학습법을 배우게 될 거예요. 부모님이 읽는 부록에는 큰 비용을 들이지 않아도 영어 공부할 수 있는 해결책도 들어 있답니다. 어린이 여러분이 영어를 통해 더 큰 꿈을 이뤄 세계적으로 뻗어 나가는 멋진 사람이 되길 바랍니다.

7월의 다가오는 여름을 맞이하며

한은화

PART 1

왜 영어 공부 안 하면 안 되나요?

1

모두가 소통할 수
있는 공용어예요

초등학교 1학년인 은영이는 아침 일찍 일어나 영어 노래를 불러

요.

"A! A is for Apple."

영어 노래가 끝나면 아침밥을 먹고 영어 비디오를 보지요. 영어 비

디오는 벌써 10번 넘게 반복해 보고 있어요.

"휴……."

은영이는 지루해서 한숨을 쉬었어요.

"은영아, 옷은 영어로 뭐라고 하지?"

엄마가 질문했어요.

"옷은 Clothes."

"잘했어, 오늘 영어 학원가는 날이니까 지각하지 말고."

"네."

학교에 도착하자마자 은영이는 영어 단어장을 펼쳐 외우기 시작했어요.

"은영아, 영어 단어 잘 외워져?"

은영이 옆에 있던 짝꿍 이슬이가 물어봤어요.

"몰라, 오늘 영어 학원에서 단어 시험 보는 날이야. 그래서 그냥 외우는 거야."

"나 영어 학원 옮겼는데 우리는 매일 단어 시험 봐. 영어 단어 진짜 안 외워져. 영어 공부하기 정말 싫지 않니?"

"맞아, 대체 왜 영어 공부를 해야 하는지 모르겠어."

학교 수업을 마친 은영이는 영어 학원으로 향했어요. 영어 단어장을 손에 쥐고 걸어가다 무심코 간판들을 쳐다보았어요.

"탐 커피 TOM COFFEE? 파리 Paris? 뉴욕 New York? 치즈 케이크 Cheese Cake?"

'간판이 모두 영어로 쓰여 있네. 영어를 모르는 사람은 알아보지도 못하겠다.'

은영이는 영어 학원에 도착해 달력에 쓰여 있는 단어를 보았어요.

"일요일 SUN, 월요일 MON……."

'여기도 영어가 적혀 있네. 그러고 보니 인터넷으로 홈페이지 주소를 입력할 때도 영어를 써야 하잖아?'

화장실 앞에도 영어가 적혀 있었어요.

'TOILET.'

은영이는 일상에 영어가 무척 많이 사용되고 있다는 사실에 새삼 놀라며 강의실로 돌아왔어요.

"자, 필기도구만 빼고 전부 집어넣으세요."

영어 단어 시험이 시작되자 은영이는 가슴이 "쿵쾅쿵쾅" 뛰기 시작했어요.

'물이 영어로 뭐였지? Wat…….'

영어 단어 시험이 끝나고 채점을 했어요. 은영이는 이번 시험에서 두 개밖에 틀리지 않아 합격 도장을 받았어요. 옆에 있던 친구 지훈이는 불합격 도장을 받아 속상한 표정을 하고 있었어요.

"지훈아, 너 몇 개 틀렸어?"

"나 열 개나 틀렸어. 어젯밤 늦게까지 컴퓨터 게임 하느라 영어 단어 못 외웠거든. 다음 시험은 꼭 백 점 맞을 거야."

"그래, 이제 우리 반으로 가자."

은영이와 지훈이는 2A반이에요. 초등학교 1학년이지만 수준별로 수업을 진행해 초등학교 2학년이 배우는 영어를 배우고 있지요. 원어민 선생님이 질문을 하면 친구들은 손을 들고 영어로 답을 말해요. 그리고 전자사전을 꺼내 선생님이 준비한 영어 퍼즐을 풀기 시작하지요.

학원 수업이 끝나고 집으로 돌아가는 길에 은영이는 버스 정류장에서 또 영어 단어를 발견했어요. 은영이는 속으로 생각했어요.

'BUS STOP은 무엇을 말하는 거지?'

은영이의 주변은 온통 영어로 가득했어요.

집에 도착해 책상에 앉은 은영이는 골똘히 생각했어요. 은영이가 입

었던 옷과 신발 그리고 가방까지 영어 상표가 없는 물건이 없었죠. 집

안을 살펴봐도 텔레비전, 컴퓨터, 냉장고까지 영어가 붙어 있었어요.

'언제부터 우리는 영어를 썼을까?'

요즘은 유치원에서부터 영어를 배워요. 어렸을 때부터 영어를 접해 거부감을 줄이고 천천히 배울 기회를 만들기 위해서죠. 하지만 영어는 너무 어려워요. 알파벳을 기본으로 단어도 외워야 하고 문장을 읽고 발음도 익혀야 하는데 쉽게 잘 되지 않죠.

또 영어 수업은 수준별로 진행해 단계가 낮은 반에 들어가면 창피하기도 해요. 또래 친구들과 어울리지 못하는 것 같아 속상하기도 하고 '왜 나는 영어를 못하는 걸까?' 하며 슬퍼하기도 하지요.

'나도 영어를 잘하고 싶은데.'

마음대로 잘 안 되어 자신감도 줄어들어요.

영어를 왜 배우는지도 잘 모르겠고, 우리나라에서 우리말만 해도 생활에 아무 문제가 없는데 어른들은 무조건 영어를 잘해야 한다고 조언해요. 그래서 아이들은 어떻게 하면 영어를 잘할 수 있을지보다는 영어 자체를 원망하곤 합니다.

우리는 왜 영어를 배워야 할까요?

영어는 모든 분야에 걸쳐 국제어로 사용되고 있어요. 또한, 의료나 컴퓨터 관련 분야는 기초적인 영어가 반드시 필요해요. 몸이 아파 약국에 간 적이 한 번쯤은 있을 거예요. 약사 선생님이 영어로 약의 성분을 처방전에 표시해 주죠. 하나의 기호로 같은 언어를 사용해 의사소통에 문제가 없게 하는 것이랍니다. 그래서 수억 명 이상의 사람이 영어를 배우고 있지요.

영어는 국제 연합(UN)의 여섯 공용어 가운데 하나이기도 해요. 공용어란 공식 언어라는 뜻이에요. 모든 나라에서 공용하도록 법적으로 지위를 받은 언어를 말해요. 현재 공용어는 영어·프랑스 어·중국어·스페인 어·러시아 어·아랍 어가 있어요.

그런데 수많은 언어 중 영어가 세계 공용어로 자리 잡은 이유는 무엇일까요?

영어가 공용어로 자리 잡게 된 결정적인 사건이 있었답니다. 이 사건은 18세기 중반으로 거슬러 올라갑니다. 프로이센의 프리드리히 대왕과 오스트리아의 마리아 테레지아를 중심으로 7년 전쟁이 벌어졌어요. 프로이센은 영국과 오스트리아, 프랑스 및 러시아와 결합해 싸웠어요. 이때 최종적으로 싸움에 이긴 나라는 프로이센이었지요.

그런데 이 전쟁이 진행되는 동안, 영국과 프랑스의 식민지 쟁탈전

도 함께 벌어졌어요. 식민지란 정치 · 경제 · 군사 · 문화적으로 다른

나라에 속해 하나의 국가로 주권을 갖지 않은 나라를 말해요. 한 나

라가 다른 나라의 영토를 갖기 위해 전쟁을 벌이기도 하는데, 우리나

라도 일본의 식민지였지요.

북미에서의 프렌치 인디언 전쟁과 인도에서의 카르나타카 전쟁에

서 프랑스는 패하게 되죠. 프랑스는 퀘벡을 영국 영토에서 나누고 북

미에서 물러났어요. 또한, 인도 영토로부터도 물러나게 되었지요.

이렇게 각지의 식민지를 잃은 프랑스는 재정이 나빠져 나라 전

체가 기울었고 결국 프랑스 혁명으로 이어졌어요. 프랑스 혁명이란

1789년부터 1799년까지 프랑스에서 일어난 시민 혁명을 말해요. 이

혁명은 부르봉 왕조를 무너뜨리고 프랑스를 사회 · 정치 · 사법 · 종

교적으로 크게 바꾸어 놓아 프랑스 대혁명이라고도 불러요.

싸움에서 승리한 영국은 세계 각지에 식민지 제국을 세우게 되었

어요. 그리고 그곳에서 얻은 막대한 이익으로 산업 혁명을 만들었지

요. 산업 혁명이란 18세기 후반 영국에서 시작된 기술의 혁신과, 그

로 인해 일어난 경제적인 변화를 말해요. 기존에 손으로 만들었던 물

건을 기계로 만드는 것처럼 말이죠.

이렇게 산업 혁명 전, 700만의 인구에 불과했던 영국은 세계에서 절대적인 세력을 가진 강대국으로 우뚝 서게 됩니다.

영국은 19세기 말부터 20세기 초에 걸쳐 세계 지상 면적의 5분의 2와 4~5억의 인구를 지배하는 힘을 보여 줬어요. 그것이 이후까지 영향을 미쳐 현재의 영어를 만든 것이죠. 영국이 사용하던 언어인 영어가 전 세계에 퍼지게 된 거예요.

만약 7년 전쟁에서 프랑스가 이겼더라면 어땠을까요?

아마도 세계 각지의 식민지에서 프랑스 어를 두루두루 사용했을 것이고, 그 결과 우리도 오늘날 의무적으로 프랑스 어를 배우게 되었을지 몰라요.

2

꿈과 더 가까워져요

영어로 꿈을 이룬 사람이 있어요. 국제 연합의 반기문 사무총장
입니다.

영어가 어떻게 반기문 사무총장의 꿈을 이루게 했는지 궁금한가
요? 반기문 사무총장의 어린 시절로 돌아가 보아요.

"안녕하세요, 저는 외교 통상부 장관 변영태입니다."

기문이가 다니는 초등학교에 외교 통상부 장관이 방문했어요.

이어 장관님의 연설이 시작되었지요.

기문이는 손을 번쩍 들어 질문했어요.

"공부를 열심히 하면 뭐든 이룰 수 있나요?"

그러자 변영태 장관이 대답했어요.

"다양한 지식을 습득한 사람은 그만큼 여러 종류의 일을 할 수 있어요. 외교관도 그중 하나입니다."

기문이는 외교관이라는 단어가 생소했지만 열심히 노력하면 후에 큰일을 할 수 있다는 것을 깨달았어요.

중학교에 들어간 기문이는 영어를 처음 접하게 되었어요. 이때는 지금과 달리 중학교 1학년부터 영어를 배웠지요. 영어는 기문이만이 아닌 다른 친구들에게도 낯선 언어였어요.

영어가 어려웠던 기문이는 남들보다 덜 자고, 덜 쉬며 영어 공부를 했어요. 영어는 공부할수록 새롭고 재밌었어요.

영어 단어장을 들고 다니며 외우다 보니 금세 영어 실력이 자라 있었어요.

'이것만으로는 부족해. 다른 책도 보고 싶은데.'

영어 관련 도서가 부족해 충분히 공부할 수 없었던 기문이는 미군

부대 안으로 들어가 중고 서점을 찾아냈어요. 서점에는 영어 관련 책들이 가득했지요. 기문이는 기쁜 마음으로 영어 잡지를 골라 집으로 돌아왔어요.

기문이는 밤새 잡지를 읽었어요. 읽는 도중 모르는 단어가 나오면 사전을 찾아 단어장에 적었어요. 학교 수업 시간에도 선생님이 알려 주는 대로 받아 적으며 열심히 공부했죠.

어느새 기문이는 학교에서 영어를 가장 잘하는 학생이 되었어요.

영어 선생님께서 기문이를 불렀어요.

"기문아, 네가 직접 영어 교재를 만들어 보겠니?"

"……."

기문이는 쉽게 대답하지 못했어요. 자신이 과연 잘할 수 있을지 확신이 없었거든요.

하지만 고민하던 기문이의 머릿속에 영어 공부를 하고 싶지만 어려워 시작할 수 없는 친구들이 생각났어요. 영어 교재를 만들면 친구들에게 도움을 줄 수 있을 것 같았지요.

'지금 하는 일이 모두에게 도움을 줄 수 있을까?'

고민 끝에 기문이는 선생님의 제안을 받아들였고, 많은 사람의 도움 속에 열심히 교재를 만들었어요. 교재를 만들면서 그동안 부족했던 부분도 채울 수 있어 기문이의 영어 실력은 더욱 늘어났어요. 영어 교재를 만들면서 남을 위해 일할 수 있는 것이 얼마나 소중한 일인지도 깨닫게 되었죠.

'남에게 도움을 준다는 건 참 행복한 일이야. 어른이 되면 꼭 이런

일을 해야지.'

하루는 담임 선생님이 기문이를 불렀어요.

"기문아, 너는 장래 희망이 뭐니?"

"전 외교관이 되고 싶어요."

"외교관이 되려면 다른 나라 사람들과 영어로 자유롭게 대화할 수 있어야 해. 그러기 위해서는 영어 발음도 중요하지. 우리나라에서 일하는 외국인을 찾아가 발음을 녹음하는 건 어떨까?"

선생님의 말씀은 기문이가 생각지도 못한 부분이었어요. 그동안은 책을 통해서 공부하는 것만으로 충분하다고 여겼지만, 익혀야 할 것이 더 있었던 거예요. 기문이는 당장 외국인을 만나기로 마음먹었지요.

집 근처에 들어선 비료 공장으로 가니 외국인 근로자가 많이 보였어요. 기문이는 공장 안을 두리번거리며 외국인들이 자신에게 먼저 말을 걸어 주길 원했지만, 아무도 기문이에게 다가오지 않았죠. 결국, 첫날에는 아무와도 대화하지 못한 채 집으로 돌아와야 했어요. 아쉬웠지만 이대로 포기할 수는 없었지요.

이튿날 기문이는 다시 비료 공장을 찾았고, 마침 자신의 앞을 지나는 외국인에게 용기를 내어 영어로 말을 걸었어요. 하지만 외국인은 웃기만 하고 기문이 앞을 그냥 스쳐 지나갈 뿐이었어요. 다른 외국인에게 말을 걸어 보았지만 다들 하나같이 냉담했지요.

그런데 실망한 기문이 앞에 드디어 어느 외국인이 나타났어요. 그녀는 기문이에게 영어로 말을 걸어왔지요.

"학생, 여긴 무슨 일로 왔어요?"

"영어 발음 공부를 하러 왔는데 아무도 제게 관심을 주지 않아요."

"나는 스미스라고 해요. 한국 학생인데 영어를 무척 잘하네요. 나도 마침 한국에서 뜻깊은 일을 하고 싶었어요. 정확한 발음을 할 수 있도록 내가 도와줄게요."

친절한 스미스 부인 덕분에 기문이는 원어민의 발음을 녹음할 수 있었어요. 학교에서도, 집에서도 녹음한 것을 들으며 정확한 발음을 연습했지요.

이처럼 기문이는 외교관의 꿈을 이루기 위해 누구보다 영어 공부를 열심히 했어요.

어느 날, 기문이는 지역을 대표해 영어 말하기 대회에 참가했어요. 대회에서 우수한 성적을 거둔 기문이는 미국에 갈 기회도 얻었지요. 당시는 지금처럼 해외여행을 자주 다니던 때가 아니어서, 미국 방문은 기문이에게 엄청난 기대와 설렘을 안겨 주었답니다.

미국에 도착하자 각 나라의 친구들이 모여 있었어요. 기문이에게 미국 생활은 모든 것이 신기하기만 했지요. 기문이를 포함한 친구들이 워싱턴에 있는 백악관 견학을 가게 되었어요. 백악관 안에 들어가는 것은 미국인들에게조차 흔치 않은 기회였죠.

술렁이는 소리가 점점 커지더니 존 F. 케네디 대통령이 나타났어요.

"멀리 이 낯선 미국 땅까지 와 줘서 고마워요. 여러분은 젊고 뛰어난 학생입니다. 끊임없이 노력한다면 여러분이 원하는 꿈을 이룰 수 있을 것입니다."

기문이는 케네디 대통령을 좀 더 가까이에서 보기 위해 앞쪽으로 자리를 옮겼어요. 케네디 대통령은 한 명, 한 명의 손을 잡아 주고 있었어요. 드디어 기문이의 차례가 되었어요.

"학생은 장래에 무엇이 되고 싶나요?"

"저는 외교관이 되고 싶어요."

"훌륭하군요. 반드시 꼭 이루길 바랍니다."

케네디 대통령의 격려를 받은 기문이는 생각했어요.

'한국에 돌아가면 외교관이 되기 위해 열심히 공부해서 꼭 꿈을 이뤄야지.'

한국으로 돌아온 기문이는 아버지와 장래에 대한 상담을 했어요.

"기문아, 무조건 외교관이 되려고 하는 것보다 의대에 진학해 의사가 되는 게 어떻겠니?"

아버지는 의사가 되어 경제적으로 부족하지 않게 사는 것도 좋은 삶이라고 말해 주었어요.

"전 그래도 외교관이 되고 싶어요."

미국에 다녀온 후 이미 결심을 굳힌 기문이였죠. 부모님의 걱정을 덜기 위해 최선을 다해 공부를 하기 시작했어요.

반기문은 우수한 성적으로 대학을 입학해 장학금을 받았고, 다양한 아르바이트를 하며 노력을 게을리 하지 않았어요. 군대에 입대해

서도 통역병으로 활동하는 등 영어 실력을 유감없이 발휘했지요. 반 기문의 영어 실력을 알아본 장군이 자신에게 영어를 가르쳐 달라며 제의를 하기도 했어요.

이렇게 거의 매일 미국인들과 영어로 대화를 나누다 보니 영어 실 력은 더 향상했어요.

반기문은 군대에서 전역하자마자 외교관을 뽑는 시험인 외무 고시에 도전했지요. 그리고 전체 합격자 열한 명 중 당당히 2등을 차지해 연수원에서 공부를 하게 되었어요. 연수원에서 훈련을 받을 때도 반기문은 최고의 성적을 냈지요. 목표를 가지고 노력하다보니 꿈에 좀 더 가까워질 수 있었던 거예요.

반기문 사무총장은 이처럼 어린 시절부터 끊임없이 노력해 자신의 꿈을 완성해 나갔어요. 그는 영어 실력뿐만 아니라 뛰어난 통솔력과 추진력으로 신뢰를 쌓아 지금의 자리에 오르게 되었죠.

영어는 어린 반기문에게 무시무시한 언어의 장벽과 같았어요. 자칫 넘지 못하고 오히려 그 장벽에 가려진 삶을 살 수도 있었지요. 그러나 반기문은 조금 불편한 환경을 탓하는 대신, 꾸준한 노력으로 자기 자신을 성장시켰어요. 만약 이러한 노력이 없었다면 그는 꿈에 가까이 갈 수 없었을 거예요.

영어는 외교관에게 꼭 필요한 언어예요. 영어에 대한 여러 어려움을 극복할 수 있었던 것은 반기문이 반드시 이루고자 했던 꿈 때문일지도 몰라요.

여러분은 어떤 꿈을 가지고 있나요? 영어로 꿈을 이룬 반기문 사무

총장처럼 여러분도 세계를 움직이는 사람이 되길 바랍니다.

3

효과적으로
소통할 수 있어요

2011년 7월, 김연아 선수가 남아공 더반 IOC 총회에서 2018년 평창 올림픽 유치를 위한 프레젠테이션을 준비하고 있었어요. 만 20살이라는 어린 나이였지만, 세계 각국의 사람들 앞에서도 그녀는 당당했어요.

김연아 선수는 피겨 스케이팅 대회 연습만큼이나 열심히 프레젠테이션을 준비했다고 해요. 또한, 세계 각국의 사람들이 모인 만큼 모두가 알아듣기 쉬운 영어 문장과 정확한 발음을 위해 노력했지요.

김연아 선수의 프레젠테이션이 사람들 사이에서 화제가

된 이유는 무엇일까요?

화려한 겉모습과 유창한 영어 실력 사이에 가려진 사람들을 자극

하는 짙은 호소력 때문일지 몰라요. 김연아 선수는 프레젠테이션을

위해 대본에 적힌 영어 문장을 수백 번 보고 되뇌었을 거예요.

'혹시나 사람들이 내 발음을 알아듣지 못하면 어떡하지?'

떨리는 마음으로 김연아 선수는 단상으로 올라갔어요. 김연아 선수가 나타나자 전 세계 언론사 기자들이 몰리고 카메라 셔터가 터졌습니다. 이곳 더반에서도 김연아 선수는 유명인이었죠. 사람들의 시선이 모두 김연아 선수에게 모였어요.

"오늘을 위해 많은 준비를 했습니다. 100명의 IOC 위원들 앞에서 발표하는 건 매우 큰 행사로 새로운 일이기 때문에 약간 긴장이 되기도 합니다. 여러분은 오늘 역사적인 결정을 하실 텐데, 제가 작은 부분이나마 참여하게 되기 때문입니다."

김연아 선수는 떨리는 마음을 가다듬고 웃으며 천천히 다음 문장을 이야기했어요.

"10년 전 평창 동계 올림픽 유치의 꿈이 처음 시작되었을 때 저는 서울의 한 아이스 링크에서 올림픽의 꿈을 꾸기 시작한 어린 소녀였습니다. 당시 저는 한국의 좋은 연습 시설과 코치들이 있는 동계 종목을 선택했었습니다. 하지만 올림픽의 꿈을 이루기 위해 세계를 반 바퀴 돌아 연습을 하러 가는 경우도 많았습니다."

이어 화면이 바뀌고 스케이트를 타는 김연아 선수의 모습이 보였어요.

"이제 저의 꿈은 새로운 지역의 다른 선수들과 제가 가졌던 기회들을 나누는 것이 되었고 2018년 평창 올림픽이 이러한 저의 꿈을 실현하는 데 도움이 될 것입니다. 저 같은 사람이 꿈을 이루고 또 다른 사람들에게 희망을 줄 기회를 주신 것에 진심으로 IOC 위원님들에게 감사드립니다."

김연아 선수도 처음부터 영어를 잘했던 것은 아니에요. 외국에서 훈련을 하다 보면 의사소통을 하기 위해 영어가 필요했죠.

"연아, 이 부분에서는 더 크게 동작을 해야 해요."

"……."

'선생님이 하는 말이 무슨 말인지 모르겠어. 훈련을 위해서라도 영어는 나에게 꼭 필요한 것 같아.'

이를 계기로 김연아 선수도 영어를 차근차근 공부하기 시작했어요.

올림픽 대회가 끝나고 인터뷰가 진행될 때도 영어가 필요했어요.

"김연아 선수, 오늘 경기 어땠나요?"

"올림픽이라고 해서 다른 국제 대회와 느낌이 다르지 않았어요. 긴장도 하지 않았고 편안하게 경기를 했습니다."

외국 리포터와 영어 인터뷰에서도 김연아 선수는 쉽게 답할 수 있었죠.

영어는 김연아 선수의 기량을 더 발휘할 수 있게 해 줬어요. 또한 이번 김연아 선수의 프레젠테이션은 그녀의 꿈을 더 확장하게 해 주었지요.

김연아 선수 말고도 영어로 꿈을 더 확장시킨 사람이 있어요. 세계가 원하는 국제적 인재 박지성 선수입니다. 세계적으로 인정받는 선수로 거듭나는 데에는 축구뿐만 아니라 영어 실력도 한몫하고 있지요. 박지성 선수는 한 인터뷰에서 이렇게 말했어요.

"박지성 선수, 영어를 공부하는 데 어렵지 않았나요?"

"영어와의 전쟁에서 이기지 못하면 세계 최고의 스타 선수 중 한 사람이 되리라는 내 소중한 꿈도 멀어져요."

박지성 선수는 자신의 꿈을 더 확장하기 위해 열심히 영어 공부를 했어요. 노력한 결과 통역 없이도 영어 인터뷰를 소화하는 선수가 되었지요.

하지만 박지성 선수도 처음부터 영어를 잘했던 건 아니에요. 축구와 영어는 별개라고 생각했지만 외국에서 선수 생활을 시작하면서부터 다른 선수들과 감독 간의 의사소통이 되지 않았죠.

"지성, 패스 타이밍이 맞지 않잖아. 내 말 듣고 있어?"

"……."

박지성 선수는 쉽게 훈련 내용을 알아듣지 못했고 영어 인터뷰가 진행될 때면 크게 당황했다고 해요. 그렇기에 더 큰사람이 되기 위해서는 반드시 영어가 필요하다고 생각했죠.

지금도 박지성 선수는 시간이 날 때마다 틈틈이 영어 공부를 한다고 해요. 사실 박지성 선수는 좀 더 일찍 영어 공부를 하지 않은 것에 많은 아쉬움을 갖고 있다고 합니다.

"제가 좀 더 빨리 영어를 배워 외국에 나갔다면 지금보다 쉽게 현지 생활에 적응해 나갔을 것이고 좋은 선수가 되는 데 많은 도움을 받았을 거예요. 어렸을 때부터 영어를 배우는 것이 축구 못지않게 중요한 문제라고 생각합니다. 선수 중에는 자존심이 센 선수도 많아서 초창기에 먼저 말을 걸지 않으면 대화를 잘 하지 않아 애를 먹었어요."

박지성 선수는 다른 외국인 선수들에게 말을 자주 걸면서 영어를 연습했다고 해요. 지루하지 않고 재미있게 영어를 배우는 것이 자기 자신에게 가장 맞는 방법이라고 생각했죠. 또한, 뚜렷한 목적과 끈기로 영어 공부에 매진한 거예요. 클럽 선수들과 원활한 의사소통의 목적을 가지고 끊임없이 노력했기 때문에 지금의 영어 실력을 가능하게 했습니다.

박지성 선수에게 영어란 무엇일까요? 영어는 언어의 한 종류이기도 하지만 생활을 편리하게 하고 자신의 꿈에 많은 도움을 주는 것이겠지요.

4

세계 무대에서 활약할 수 있어요

"오빠강남스타일, 오오오오 오빠강남스타일."

세계가 들썩거린 이 노래를 한 번쯤 들어봤을 거예요. 이 노래의 주인공은 가수 싸이입니다. 싸이는 한국인 최초로 미국 빌보드 순위 2위, 유튜브 조회 수 13억 건까지 돌파한 기록을 세웠습니다. 강남스타일은 19개 언어로 번역되어 세계적인 돌풍을 일으켰어요.

싸이는 우리나라뿐만 아니라 미국에서도 활동을 시작했습니다. 싸이는 미국 방송 프로그램에 등장해 유창한 영어로 대화를 이어가 모든 사람을 놀라게 했어요.

"한국에서 온 강남스타일 싸이를 소개합니다."

"강남은 한국의 비버리힐즈와 같은 곳이에요. 강남을 재미있게 표현해 곡에서 재미와 흥미를 느끼도록 했답니다."

방송을 진행하는 MC에게 노래에 대해 설명을 하고 춤 실력까지 선보였어요. 또한, 미국의 유명한 가수 마돈나와 함께 공연하기도 하고 브리트니 스피어스에게 말 춤을 가르쳐 주기도 했지요.

싸이는 옥스퍼드 대학에서 똑똑한 인재들 앞에서 도전과 결단을 주제로 강의하기도 했어요.

"불과 4개월 전만 해도 저는 한가한 스케줄을 보내던 한국의 평범한 가수에 불과했어요. 오늘 이 자리에서 저는 강남스타일이 성공하기까지 가수로서의 힘겨운 도전 과정을 이야기하고자 합니다."

싸이의 강의는 한국어가 아닌 영어로 진행한 것이 화제가 되었죠. 물론 질문에 대한 답도 영어로 명확히 내려 주었어요.

"최대한 우스꽝스러워지려고 했던 노력이 언어의 벽을 넘어 세계인들에게 통한 것 같아 기분이 좋아요."

싸이의 재치 넘치는 이야기가 이어지면서 학생들과 음악에 맞춰 단체로 춤을 추는 것으로 강연은 마무리됐어요.

싸이의 독특한 캐릭터와 유창한 영어 실력은 이미 수많은 언론을 통해 공개되었어요. 사람들은 싸이의 영어 실력과 강남스타일의 경제적 가치를 비교하기도 했어요.

싸이가 세계적인 스타로 등극함과 동시에 새로운 한류 열풍도 불고 있어요. 싸이의 강남스타일이 전 세계적으로 화제가 되면서 한국이라는 나라도 함께 알려진 것이죠.

싸이가 영어를 잘하지 못했다면 이 모든 일은 가능하지 못했을 거예요. 자신의 PR에 적극적일 수 있었던 것은 그동안 닦아 온 영어 실력 덕분이었죠.

한 인터뷰에서 싸이는 이런 말을 했어요.

"아직 저는 완벽하게 영어를 구사하지 못해요. 그래서 시간이 날 때마다 영어 관련 책을 읽으면서 영어 공부를 합니다."

싸이의 말처럼 영어는 한 번에 쌓이지 않아요. 꾸준히 공부하고 노력해야 실력이 쌓이는 것이지요.

이렇듯 싸이의 성공에는 영어 말하기 능력도 중요한 요소로 작용했어요. 갑자기 찾아온 기회를 잡을 수 있었던 이유는 준비된 사람이었기 때문입니다. 미국 진출이 성공적일 수 있었던 이유도 여기에 있어요. 여러분도 영어에 대한 준비를 꾸준히 한다면 언젠가 찾아 올

기회를 잡을 수 있지 않을까요?

　싸이 못지않게 세상을 들썩이게 한 사람이 있어요. 바로 한국 최초의 우주인 이소연 연구인입니다. 그녀는 당시 아시아의 네 번째 우주인이기도 했지요.

2008년 4월 8일 이소연 연구인을 태운 소유스 TMA-12 우주선이 발사되었어요. 이를 지켜본 국민은 흥분과 전율을 함께 느꼈지요.

우주선이 발사된 후 이소연 연구인은 국제 우주 정거장(ISS)에 도킹하였어요. 도킹은 인공위성과 우주선이 우주 공간에서 서로 결합하는 것을 뜻해요.

ISS에서 이소연 연구인은 9박 10일간 머물면서 18가지 우주 과학 실험 임무를 수행했어요.

나사(NASA)가 규정한 우주비행사의 기초적인 능력으로는 건강한 신체와 협동성, 영어 능력이 있어요. 이 세 가지 중 하나라도 충족하지 못했더라면 우주인이라는 꿈은 이루어지지 못했을 거예요.

이소연 연구인은 모든 사람이 자신을 공부와 운동을 잘하는 천재로 알고 있지만 그렇지 않다고 했어요. 이소연 연구인 역시 어렸을 때부터 운동과 공부를 잘하는 편은 아니었지요.

"소연아, 너 영어 시험 성적이⋯⋯."

"선생님, 죄송한데 부모님께는 비밀로 해 주세요. 제가 열심히 공부해서 꼭 성적 올릴게요."

학창 시절, 영어 시험 성적이 좋지 않은 소연이에게 담임 선생님은 부모님을 모셔 오라고 했어요. 하지만 도저히 부모님에게 말할 자신이 없어 소연이는 빌고 또 빌었어요.

"선생님, 제발 성적표는 집으로 보내지 말아 주세요. 제발요."

이 일을 계기로 소연이는 영어 공부를 열심히 했어요. 다음 영어 시험에서 성적을 올리겠다고 약속한 소연이는 약속을 지켜 백 점을 맞았지요.

이소연 연구인은 평소에도 건강한 체력을 만들기 위해 운동도 열심히 하고 사람들과 잘 어울리기 위해 노력했어요. 그뿐만 아니라 여러 언어를 익히려 공부도 했지요. 이러한 행동이 하나둘 쌓여 우주인이라는 기회를 잡을 수 있었어요.

이소연 연구인은 직접 쓴 《열한 번째 도끼질》에서 다음과 같이 말했어요.

"나는 우주인이 되기 위해 영어 공부를 하지 않았습니다.

나는 우주인이 되기 위해 하루에 5~6킬로미터를 달리지 않았습니다.

나는 매 순간 열심히 즐겼을 뿐입니다.

그런데 매 순간 열심히 즐겼던 일은 대한민국 최초의 우주인으로 뽑히는 데 정말 중요한 것이었습니다."

기회는 누구에게나 오지만 그 기회를 잡는 사람은 평소 준비된 사람입니다. 준비되지 않으면 아무리 기회가 온다 하더라도 빈번히 놓칠 수밖에 없습니다. 실력이 있는 이에게 기회는 주어집니다.

이소연 연구인은 좋은 환경에서 자라지 못했어요. 그래서 무언가를 하기 위해서는 항상 제약이 따랐어요. 하지만 좋은 조건에서 이룬 꿈보다 악조건에서 성취했다는 것이 힘든 환경 속에 있는 사람들에게 희망을 줄 수 있어 행복하다고 합니다.

이소연 연구인은 항상 긍정적인 마음으로 꼭 해내야 한다는 결심으로 힘든 과정을 이겨 냈어요. 그렇다면 이소연 연구인에게 실패는 없었을까요?

이소연 연구인 역시 수없는 좌절을 했지만 가장 기억에 남는 것은 대입 실패라고 해요. 영어는 이소연 연구인에게 하나의 산과 같았죠. 그 산을 넘어야 다른 산을 넘을 수 있어요. 영어 공부를 하면서 마음

먹은 대로 쉽게 되지 않아 슬럼프를 겪기도 했어요. 모든 것이 마음 먹은 대로 이루어진다면 좋겠지만 아닐 때도 많아요.

　이렇듯 평소 이소연 연구인이 영어 공부에 매진하지 않고 다른 언어도 충실히 공부하지 않았다면 우주인이 될 수 있는 자격을 얻지 못했을 거예요. 영어는 이소연 연구인에게 꿈을 더 확장시켜 주는 발판이 되었어요. 지금까지도 이소연 연구인은 영어 공부 홈페이지를 열어 영어에 대한 열정을 쏟고 있답니다.

우리말만 배우고 싶어요

은선이는 학교 수업이 끝나자마자 영어 학원에 왔어요. 은선이는 반에서 1등을 할 정도로 똑똑한 학생이지만 영어만큼은 늘 자신이 없었어요. 영어는 은선이에게 재미없고 어려운 과목이지요.

"매일 이렇게 영어 단어 외우고 시험을 보는 건 재미없어. 우리나라에는 한글이 있는데 왜 영어를 공부해야 하지? 한글이 더 쉬운데……."

은선이가 중얼거렸어요.

그러자 옆에 있던 대호가 대답했어요.

"너같이 똑똑한 아이가 영어가 어렵다니 의외인데? 그런데 한글이 쉽다는 사람은 우리나라 사람 말고 아무도 없대. 한글의 맞춤법은 영어 못지않게 어렵다고 하더라."

대호의 말처럼 한글도 영어 못지않게 어려운 언어예요. 영어 역시 처음엔 배우기 쉽지만 배울수록 익혀야 할 것이 너무 많아 만만치 않게 어렵지요.

우리는 영어를 처음 배울 때 알파벳 먼저 외우기 시작합니다. 한글의 '가, 나, 다'처럼 영어는 'A, B, C'로 시작됩니다.

은선이는 영어 공책에 영어 단어를 적으며 생각에 잠겼어요. 문득 알파벳은 어떻게 생겨났는지 궁금해지기 시작했어요.

"이 알파벳은 어떻게 생겼을까? 대호, 넌 아니?"

은선이가 물었어요.

"알파벳도 한글처럼 하나의 문자야. 문자가 있다면 어디든 기록을 할 수 있어서 좋아. 기록이 되어 있는 시대를 우리는 역사라고 말해. 그런데 문자 없이 사람들의 입에서 입으로 전달되는 과정에는 한계가 있어. 말로써 전달되는 것은 사실인지, 거짓인지 알 수 없지. 하지만 기록이 있다면 사실이라는 것을 알 수 있잖아."

"대호야, 너 되게 똑똑하다. 이런 건 어떻게 알았어?"

은선이가 놀라며 말했어요.

"뭐, 이런 걸 가지고."

대호가 웃으며 다시 말했어요.

"은선아, 문자가 두 가지로 나뉘어 있는 거 알아? 표의 문자와 표음 문자로 나뉘어 있어."

"표의 문자는 뭐고 표음 문자는 뭐야?"

"음, 우선 내가 문자에 대해 설명해 줄게. 여기서 말하는 문자는 우리가 알듯 말이나 소리를 눈으로 볼 수 있도록 적기 위한 일정한 체제의 부호야."

"부호?"

"응. 부호! 표의 문자는 단어의 뜻을 상징적인 방법의 기호로 표시한 문자야. 표음 문자는 단어의 요소나 소리를 추상적인 기호로 나타내는 문자를 말해. 거의 그림에 가깝지."

"그럼 우리가 공부하는 영어는 어디에 해당하는 거야?"

"우리가 공부하는 영어는 표음 문자에 해당해. 한글은 소리 나는 대로 쓰는 표음 문자야."

"표의 문자에 해당되는 언어는 없어?"

"한자가 표의 문자야. 한글이나 알파벳과 달리 언어적 약속을 알고 있다고 해도 새로운 글자를 읽을 수 없지. 그 문자를 읽기 위해서는 사전에 뜻과 음을 암기하고 있어야 해."

"그랬구나, 그런데 대호야. 표의 문자가 먼저 생겼어? 표음 문자가 먼저 생겼어?"

"음, 넌 어떻게 생각해?"

"말이 먼저 생기고 그다음 뜻이 생긴 게 아닐까? 그러니까 표음 문자 다음에 표의 문자가 생겼을 것 같아. 아닌가? 대호야, 알려 줘."

"은선아, 네가 생각하는 것도 일리가 있어. 그런데 시기적으로 봤을 때 표의 문자는 표음 문자보다 먼저 생겼어. 표의 문자가 만들어지고 더 발전되다가 편리하게 사용하기 위해 만들어진 것이 표음 문자야."

그 순간 은선이는 '문자가 없으면 어떻게 될까?' 하는

생각이 들었어요. 은선이는 문자가 사라져 사람들이 혼란

에 빠지는 모습을 상상했어요.

은선이의 상상처럼 우리가 쓰는 문자가 갑자기 사라진다면 다른

사람과의 의사소통이 매끄럽지 못해 서로 오해하는 일이 발생할지

몰라요.

"문자가 없었으면 다른 사람과의 대화에 어려움을 느꼈겠다."

심각한 표정을 한 은선이가 말했어요. 그러자 대호는 웃으면서 말

했어요.

"그렇지. 은선아, 그런데 너 너무 진지한 거 아니야? 문자가 쉽게 사라지지는 않을 거야. 그러니 너무 걱정하지 마. 표음 문자든 표의 문자든 어느 하나만 존재해도 문제가 될 수 있어. 만약 표음 문자만 있었다면 어떻게 되었을까? 내 생각을 남에게 전달해야 하는데 그게 통일되지 않으니 표의 문자가 필요할 거야."

"그러네? 정말 신기하다. 표음 문자와 표의 문자는 둘 다 꼭 필요하구나."

"아, 그리고 또 하나 설명해 줄게. 숫자는 표음 문자에 해당해. 숫자는 어느 나라에서나 다 같은 모양, 같은 뜻으로 쓰이잖아. 그런데 표음 문자인 외국어와 우리말은 같은 뜻을 서로 다르게 표기하고 있다는 점에서 특수성을 띠고 있어. 그 나라만의 것이기 때문에 주관적이기도 하지."

"그렇구나. 두 문자가 서로 섞여 잘 어울리면 좋겠다."

대호의 말처럼 표의 문자와 표음 문자는 각각의 특징이 있어요. 세상의 수많은 개념은 홀로 존재하지 않습니다. 다른 어떤 개념과 상하 관계를 이루어 유지되기 때문이죠.

그렇기 때문에 모든 언어를 두고 어느 언어가 더 중요한지 따지는 것은 불필요한 일이에요. 우리 한글이 중요한 것처럼 다른 나라 사람들 역시 자국어를 소중히 생각합니다. 서로 다른 특수성을 인정하는 것이 중요해요. 영어 역시 하나의 관계를 잇기 위해 배우는 것은 아닐까요?

6

두뇌가 발달해요

윤아는 아빠와 함께 좌뇌와 우뇌에 관한 내용이 실린 어린이 신문을 보고 있었어요.

"아빠, 우리 머리가 좌뇌와 우뇌로 나뉘어 있어요?"

"그렇지. 우리의 머리는 좌뇌와 우뇌로 나뉘어 있어. 우뇌는 창의력과 직관력 등 감성적인 기능을 담당하고 좌뇌는 언어 능력과 분석력 등 이성을 담당하지."

"아하, 좌뇌가 언어 능력을 담당하는구나. 그럼 영어 공부를 하면 좌뇌가 더 활발히 움직이겠네요?"

"그렇지. 영어 말고도 모든 언어를 배울 때 좌뇌는 더 발달해."

"학교에서 배웠는데 유대인은 어렸을 때부터 여러 언어를 배운대
요. 그럼 유대인은 좌뇌가 더 발달하겠다."

"음, 아빠가 유대인의 이야기를 들려줄까?"

"네!"

윤아는 기대가 가득한 표정으로 아빠를 향해 돌아 앉았어요.

"한창 유대인의 공부법이 전 세계적인 화제가 된 적이 있어. 윤아
말대로 유대인은 보통 두 개 이상의 언어를 자유롭게 구사하기로 유
명하거든."

"와, 대단하다!"

윤아의 눈이 똥그랗게 변했어요.

"대학 교육을 받은 유대인은 3~4개 정도의 언어를 구사하지."

"유대인이 특별히 외국어를 잘하는 비결이 있어요?"

"우선 수천 년간 세계 각지를 떠도는 이동 생활을 지속해 온 문화
를 꼽을 수 있지. 고대 로마 시대부터 유대인이 많이 거주했던 유럽

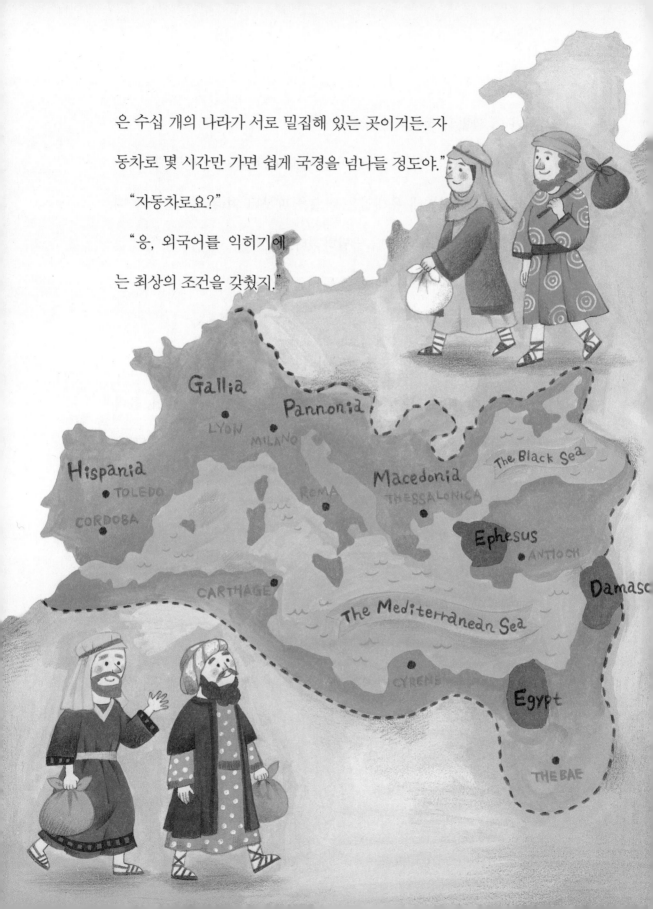

은 수십 개의 나라가 서로 밀집해 있는 곳이거든. 자

동차로 몇 시간만 가면 쉽게 국경을 넘나들 정도야."

　"자동차로요?"

　"응, 외국어를 익히기에

는 최상의 조건을 갖췄지."

Gallia

Pannonia

LYON

MILANO

The Black Sea

Hispania

Macedonia

TOLEDO

ROMA

THESSALONICA

CORDOBA

Ephesus

ANTIOCH

Damasc

CARTHAGE

The Mediterranean Sea

CYRENE

Egypt

THE BAE

"부럽다. 아빠, 또 다른 비결은 없어요?"

윤아의 물음에 아빠는 말을 이어 나갔어요.

"문화뿐만 아니라 외국어 교육을 중시하는 유대인 특유의 가정 교육의 영향도 크단다. 유대인은 나치 독일 치하에서 혹독한 탄압을 받으면서도 자녀에게 독일어를 열심히 가르쳤지."

"응? 왜 독일어를 가르쳤어요?"

"그 땅에 살고 있는 사람에게 당하는 괴롭힘을 견디려면 그 지역 언어에 익숙해지는 게 무엇보다 중요했기 때문이야."

"그렇구나……."

"또, 각 나라에 흩어져 있는 친척이 자주 만나다 보니 여러 나라의 언어를 접할 수 있었지. 이러한 현상이 자연스레 외국어 학습의 효과를 줬어."

"예를 들면 미국, 일본에 있는 친척이 모여 각자 다른 언어로 대화를 하는 거네요?"

"그렇지. 만약 우리 윤아가 그런 상황이었다면 못 알아듣는다고 울지 않았을까?"

"아니에요, 아빠! 저 울보 아니에요!"

윤아는 고개를 좌우로 흔들었어요.

"외국어를 익히려면 말하기보다 듣고 이해하는 것이 먼저 이뤄져야 한단다. 어렸을 때부터 음악을 듣는 것처럼 자연스럽게 외국어를 접하는 환경을 만드는 거지. 윤아도 엄마가 영어 노래를 틀어 줬었잖아. 그것도 영어 공부에 좋은 방법이란다. 또, 어렸을 때 외국 거주 경험이 있는 학생들이 커서도 어학 능력이 뛰어난 이유가 바로 여기에 있어."

"아빠, 저는 아직 어리니까 지금부터라도 노력하면 유대인처럼 네 개 이상의 언어를 할 수 있지 않을까요?"

"그래, 우리 윤아도 할 수 있어. 유대인 역시 어렸을 때부터 외국어를 익히다 보니 하나의 언어만 쓰는 사람보다 언어 능력이 훨씬 뛰어나단다."

"그렇군요. 여러 언어를 배우는 일이 무척 중요한 거네요."

"윤아가 어른이 되어 여러 언어를 구사한다면 사회 경쟁력을 만드는 데 중요한 조건을 갖춘 것이지. 유대인이 정계, 금융계, 언론계, 예

술계 등 모든 분야에서 재능을 나타내는 것은 뛰어난 외국어 실력이 바탕이 되었기 때문이란다.”

윤아는 고개를 끄덕거리며 어른이 된 자신의 모습을 상상했어요.

유대인처럼 외국어를 효과적으로 배우는 방법은 무엇일까요?

미국에서 이뤄진 연구 결과에 따르면 600개의 사용 단어만 알면 하나의 언어를 구사할 수 있다고 해요. 언어의 기본은 단어이기 때문이지요. 어린이 여러분이 하루에 20개의 단어만 공부해도 한 달 안에 그 나라 신문을 읽을 능력이 생기는 거예요.

그렇기 때문에 유대인들은 단어 교육을 중시합니다. 매일 단어를 익히는 습관을 들이고, 일단 암기한 후 생활 속에서 그 단어를 직접 사용하는 훈련을 합니다.

여러 가지 외국어를 익히기 위해서는 가능한 한 다양한 방법으로 단어를 암기하고, 한 번 외운 단어는 완벽하게 기억하도록 노력해야 합니다.

단어 말고도 유대인은 책을 많이 읽는 습관을 가지고 있어요. 하루도 빠짐없이 매일 외국어 책을 읽는답니다. 이것은 서구의 외국어 교

육이기도 해요. 아이가 영어를 못 읽으면 엄마, 아빠의 도움을 받아

읽기도 합니다.

  그렇다면 유대인은 매일 외국어

책만 읽을까요?

그렇지는 않아요. 모든 언어는 서로 통하기 때문에 모국어라도 꾸준히 책을 읽으면 여러분의 언어 학습에 큰 도움이 되기 때문이에요.

외국어를 공부하면 두뇌가 좋아진다는 이야기는 유대인의 사례 외에도 과학적으로 증명되었어요.

기억 장애라고 부르는 치매는 일반적으로 65세 이상의 노인에게 많이 생깁니다. 치매의 초기 증상은 기억력이 떨어지기 시작하는 것입니다.

치매는 뇌가 가진 지식을 잊게 해 기억 장애와 함께 언어 장애를 불러일으켜요. 계산을 하지 못하고, 성격에 변화가 오고, 감정이 조절되지 않죠.

치매를 예방하기 위해서는 지속적인 두뇌 활동이 필요해요. 책을 읽는 것은 좋은 치매 예방법 중 하나예요. 책을 읽게 되면 머리를 많이 쓰게 되거든요. 두뇌 활동을 계속적으로 행하면 자칫 잊어버릴 수 있는 부분을 최소화할 수 있어요.

독서 말고도 더 중요한 것이 있어요. 무엇일까요? 바로 외국어 공부입니다.

국제 학술지인 〈신경생물학〉에 발표된 캐나다 토론토대학의 연구에 따르면 평생 모국어만 사용하는 사람보다 외국어를 한두 개 구사하는 같은 연령대의 사람이 치매 증상을 훨씬 덜 보인다는 결과를 찾아냈지요.

세계적인 사회 현상인 고령화에 따라 치매 발병률도 나날이 높아지고 있어요. 우리나라도 최근 치매 발병률이 8~9퍼센트에 이릅니다.

2007~2009년 사이에 치매 판정을 받은 65세 이상 노인 환자 211명을 대상으로 조사한 결과 둘 이상의 언어를 사용하는 사람들의 뇌라고 해서 손상이 덜 가해지지는 않지만 기억력이나 문제를 푸는 능력이 줄어드는 정도가 그렇지 않은 사람들에 비해 훨씬 덜하다는 사실을 밝히기도 했죠.

지난 수십 년간 수많은 과학자와 의사가 치매에 관한 의학 연구에 엄청난 돈과 시간을 쏟아 부었지만 아직까지는 예방 약물을 개발해 내지 못했어요.

하지만 치매를 예방하기 위해 주기적인 운동과 더불어 활발한 외

국어 사용으로 건강한 삶에 도움을 줄 수 있다고 하니, 두뇌 건강을

위해 외국어를 배우는 것도 좋지 않을까요?

PART 2

영어 공부,
이렇게 하세요

1

영어를 잘 못해요

초등학교 5학년 인성이는 방과 후 활동으로 영어반을 신청했어요.

"인성아, 방과 후 활동 신청했어?"

옆에 있던 지민이가 물었어요.

"엄마 때문에 영어반 신청하긴 했는데 걱정이야."

"왜? 뭐가 걱정이야?"

"영어반 수업은 영어 시험을 보고 성적순으로 나눠 공부한다고 해서……."

인성이는 풀이 잔뜩 죽은 목소리로 대답했어요.

"정말? 그래서 걱정했구나."

"응. 너는 어떤 거 신청했어?"

"나는 댄스반! 재밌을 거 같아!"

"부럽다. 나도 댄스반 하고 싶은데……."

"그럼 내일 봐. 인성아!"

지민이와 헤어져 영어반 교실로 향하는 인성이의 발걸음이 무거웠어요.

'영어는 자신이 없는데…….'

인성이는 방과 후 활동에서 진행하는 영어 시험을 본 뒤 집으로 돌아왔어요.

"인성아, 영어 시험 잘 봤니? 어렵지는 않았어?"

"……."

"인성아, 엄마가 부르는데 왜 말이 없니?"

'엄마는 내 마음도 몰라. 영어 못하는 거 알면서.'

인성이는 시무룩한 표정으로 엄마에게 심통을 부렸어요.

"엄마, 알잖아요. 영어 못하는 거. 그런데 왜 자꾸 물어보세요?"

그러고는 방문을 "쾅" 닫고 방으로 들어가 버렸어요. 머릿속에는 오직 '내일 학교 가기 싫다.'는 생각뿐이었지요.

이튿날 아침, 엄마가 자는 인성이를 흔들어 깨웠어요.

"인성아, 일어나! 학교 가야지."

인성이는 이불을 걷어 내는 엄마에게 칭얼댔어요.

"엄마, 저 학교 가기 싫어요. 안 가면 안 되나요?"

"무슨 말이야? 애가 큰일 날 소리를 하네. 빨리 밥 먹고 씻고 갈 준비해."

"휴……."

간신히 학교에 갈 준비를 한 인성이는 어깨를 축 늘어뜨린 채 등굣길에 올랐어요. 등굣길에 단짝 준수를 만났지요.

"준수야!"

"어? 인성아!"

"너 방과 후 활동 어떤 거 신청했어?"

"나? 영어."

"진짜? 나도! 어제 시험 봤겠네?"

"응. 너도 영어 신청했었어?"

"응. 오늘 반 발표 난다는데?"

"그래? 우리 같은 반 되면 좋겠다."

"그러게."

인성이는 준수와 함께 영어 수업을 들을 수 있어 다행이라고 생각하며 조금은 가벼운 마음으로 학교에 갔어요.

학교 수업이 끝나고 방과 후 활동을 위해 교실을 이동했어요. 복도에서 "웅성웅성" 하는 소리가 들렸어요. 영어 시험과 반 배정 결과가 나온 거예요.

"어? 나 A반이다."

"진짜? 나도! 우리 같은 반이야."

저 멀리 복도에서 준수가 인성이를 불렀어요.

"인성아, 빨리 와 봐! 난 B반이야. 너는 몇 반이야?"

궁금한 마음에 얼른 달려가 결과를 확인한 인성이의 얼굴이 어두워졌어요.

"나는……. F반이네."

인성이는 준수와 같은 반이 되지 않아 속상했어요. 평소 영어에 자신이 없는데 친구까지 없어 영어 수업에 참가하기 싫었지요. 하지만 어쩔 수 없이 F반으로 향했어요.

교실 맨 뒤에 앉아 F반 친구들을 보니 1, 2학년 동생들뿐이었어요. 5학년 친구는 인성이밖에 없었지요. F반 영어 선생님이 교실로 들어왔어요.

"여러분, 안녕하세요. 저는 오늘부터 여러분과 같이 방과 후 수업을 진행할 선생님이에요. 우리 친구들도 자기소개 한번 해 볼까요?"

"안녕하세요, 저는 1학년 3반 김수영입니다."

"안녕하세요, 저는 2학년 4반 이지선입니다."

"안녕하세요, 저는 5학년 7반 조인성입니다."

인성이가 자기소개를 하자 1, 2학년 동생들이 "키득키득" 웃는 소리가 들렸어요. 인성이는 창피해서 어쩔 줄을 몰랐지요.

자기소개가 모두 끝나고 영어 수업이 진행되었어요.

"자, 인성이가 다음 문장 읽어 볼까?"

"네? 저요?"

인성이는 깜짝 놀라 얼굴이 빨개졌어요.

"아이 라이⋯⋯."

"인성아, 조금 더 크게 읽어 볼까?"

그러자, 같은 수업을 듣던 동생들

이 속닥거리는 소리가 들렸어요.

"저 형, I Like도 못 읽나 봐."

"야, 너 조용히 안 해!"

인성이는 너무 창피해 앞에 있는 동생에게 소리를 질러 버렸지요.

여러분도 인성이처럼 영어를 못해 의기소침해진 적이 있나요? 영어를 못하는 건 창피한 게 아니에요. 무엇이든 처음부터 잘하는 사람은 한 명도 없어요. 천천히 실력을 쌓아 노력하면 누구든지 잘할 수 있답니다.

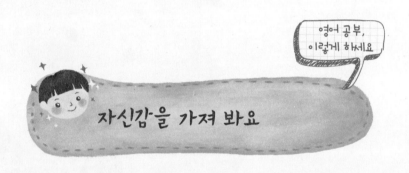

자신감을 가져 봐요

영어 공부,
이렇게 하세요

영어에 자신이 없어 의기소침해진 적이 있나요? 인성이처럼 같은 학년 친구들과 공부하는 것이 아닌 한참 어린 동생들과 영어 공부를 한다고 해서 속상해할 필요 없어요. 오히려 더 좋은 기회라 생각하고 차근차근 먼저 할 수 있는 부분들을 시작해 보는 것이 좋아요.

수준별로 진행한다는 것은 부족한 부분을 채워 더 발전할 수 있게 도와주는 방식이기 때문이죠.

영어는 우리나라의 모국어가 아니라는 것을 명심하세요. 실수하는 것은 당연합니다. 오히려 실수를 안 하는 것이 이상한 거랍니다.

잘하고 싶고, 잘하려는 욕심이 커서 '나는 영어를 못해.'라고 생각하고 좌절하는 친구가 많아요.

평소 주위에서 한국어를 잘하는 외국인을 본 적이 있나요? 이런 일은 매우 드문 일이죠. 영어권 국가에서 온 사람이 한국어를 잘하는 경우는 더욱 드물어요. 그들이 한국어를 못하는 것처럼 우리도 영어를 못하는 것이 당연합니다. 이것은 영어권 사람들도 마찬가지예요.

선생님과 친구들 그리고 외국인들조차 나 자신이 영어를 잘 하지 못해도 알아듣고 이해해 준답니다. 부정적인 생각은 오히려 자신감을 잃게 만들 뿐입니다.

영어 명언을 통해 자신감을 가져 볼까요?

"If I have lost confidence in myself, I have the universe against me."

랠프 월도 에머슨의 명언입니다. 나 자신에 대한 자신감이 없으면 온 세상이 나의 적이 된다는 말입니다. 내가 나에게 확신이 없는데 다른 사람이 나에게 믿음 주기를 기다리는 것은 어리석은 일이죠. 나에 대한 자신감을 먼저 갖는 것이 중요합니다.

"Concentration comes out of a combination of confidence and hunger."

아놀드 파머의 명언입니다. 집중력은 자신감과 갈망이 결합해 생긴다는 말입니다. 집중력은 한 번에 생기는 게 아니라 그 일을 잘할 수 있다는 자신감과 해낼 수 있다는 갈망이 합쳐져 생기는 것이죠.

"Self-confidence is the first requisite to great undertakings."

새뮤얼 존슨의 명언입니다. 자신감은 위대한 과업의 첫째 조건이라는 말입니다. 위대한 과업 중 자신감 없이 진행된 것이 있을까요? 큰일이든 작은 일이든 자신감 있게 실행한 것이 성공을 불러오는 법입니다.

"Paradise is where I am."

볼테르의 명언입니다. 내가 있는 곳이 낙원이라는 말입니다. 지금

내가 있는 곳이 낙원인 만큼 두려워 말고 자신 있게 행동해 봅시다.

영어 공부를 하다가 자신감이 떨어지면 위의 명언을 한 번 읽어 보세요. 자신감을 불러일으키는 주문이라고 생각하고 말이지요. 영어로도 한 번 읽고 우리말로 한 번 더 말한다면 자신감뿐만 아니라 영어 실력도 쑥쑥 자라날 거예요.

발음이 힘들다면 영어 문장으로 써보는 것은 어떨까요? 평소 일기를 쓰는 친구라면 영어 문장을 써 보고 오늘 하루 있었던 일을 돌아보는 것도 좋은 방법이에요.

절대 영어 공부를 못한다고 속상해하거나 자신감을 잃지 마세요. 영어에 좀 더 가까워질 기회를 잡고 자신감도 함께 잡아 봅시다.

2

영어는 재미없어요

참돌초등학교 홈페이지 게시판에 '영어 공부가 너무 어려운데 제

고민 좀 해결해 주세요.'라는 제목의 게시물이 올라왔어요.

"안녕하세요. 저는 참돌초등학교에 다니는 이지윤이라고 합니다. 저는 3학년이

지만 또래 친구들에 비해 영어를 잘 하지 못해요. 그래서 그런지 영어가 재미없어

요. 영어를 재밌게 공부하고 싶은데 영어를 어떻게 공부하면 좋을까요?"

지윤이의 담임 선생님이 지윤이의 글을 확인했어요.

"지윤이가 이런 고민을 하고 있구나."

담임 선생님은 곧장 지윤이를 불렀어요.

"지윤아, 영어 공부하기 어렵지? 재미도 없고."

"네, 선생님. 영어 수업 시간에 영어 성적대로 A, B, C, D로 나눠 수업하잖아요. 왜 그렇게 조별로 나눠 수업해야 되는지 모르겠어요. 전 D조인데 영어 공부 못한다고 영어 선생님이 무시하는 것 같아요. 또 친한 친구들은 전부 A조에 있는데 저만 영어 수업을 못 따라가는 것 같아 속상해요."

"저런, 우리 지윤이가 속상했구나? 그런데 영어 수업 시간에 영어 선생님이 A, B, C, D로 나눠 수업하는 건 지윤이를 싫어해서 그러는 게 아니야. 오히려 지윤이를 더 생각해서지."

"저를 더 생각해서 그렇다고요?"

지윤이는 고개를 갸우뚱 했어요.

"지윤이처럼 영어 공부에 자신 없는 친구들을 위해 수준별로 영어 수업을 진행하는 거란다. 수준별로 영어 수업을 진행하지 않으면 어느 친구가 이해했는지, 혹은 이해하지 못했는지 알 수 없거든. 영어 선생님은 친구들의 이해 수준에 맞게, 영어를 더 재밌게 가르쳐 주기 위해 그러시는 거란다."

지윤이는 담임 선생님과 이야기를 마치며 둘만의 비밀 약속을 하나 했어요. 그리고 반드시 약속을 지키기로 마음먹었지요.

이튿날 영어 수업에 가기 위해 지윤이는 친구들과 교실을 이동했어요. 지민이가 지윤이에게 물었어요.

"지윤아, 오늘 영어 쪽지 시험 본다고 했잖아. 공부했어?"

"아, 쪽지 시험? 공부는 했는데 잘 모르겠어."

"하긴, 지윤이는 영어 공부에 관심 없잖아. 영어 성적도 그렇고."

그러자 함께 걷던 현지가 인상을 쓰며 말했어요.

"야, 김지민! 너 지윤이한테 그게 무슨 소리야? 지윤이 무시해?"

"아니, 난 지윤이가 영어 싫어한다고 해서……."

"야, 아무리 그래도 친구한테 할 말이 있지!"

두 친구가 싸울 조짐을 보이자 지윤이는 풀이 죽었어요.

"됐어, 그만해. 내가 영어 공부 못해서 그런 거야……."

터덜터덜 교실로 들어온 지윤이는 D조 자리에 앉아 영어 책을 폈어요.

'영어 공부를 좀 더 잘했으면 좋겠어.'

이런 생각을 하고 있는데, 어느새 선생님이 교실로 들어오셨어요.

"여러분, 안녕하세요. 오늘 쪽지 시험 준비 잘 해 왔나요?"

"네!"

"쪽지 시험이 다가 아니니 점수가 잘 나오지 않았다고 속상해하지 말아요. 약속! 대신 오늘 쪽지 시험을 마친 뒤에는 재미있는 게임을 하기로 해요!"

시험 때문에 잔뜩 긴장하던 아이들은 게임을 한다는 선생님의 말에 눈을 반짝반짝 빛냈어요.

"자, 시험지 받았으면 이름부터 쓰고 지금부터 풀어 보세요."

"네!"

영어 쪽지 시험이 시작되었어요. 지윤이는 떨리는 마음으로 시험지의 답을 적었어요. 어느덧 시험 시간이 끝났지요.

"자, 이제 앞으로 전달하세요. 시험지는 선생님이 채점해서 조별 수업 때 반영할 거예요."

"네!"

"자, 시험 보느라 고생했어요. 오늘은 영어를 조금 쉽게 따라 할 수 있는 게임을 할 거예요."

반 친구들은 기대하는 표정으로 선생님을 바라 보았어요.

영어 선생님은 칠판에 'Thing in the class / How many'라고 적었어요. 그리고 Thing in the class라는 문장 아래에 Desks라는 단어를 적었지요.

"자, 선생님이 Thing in the class에 Desks를 적었어요. 지금부터 돌아가면서 교실에 있는 물건의 이름을 말하고 칠판에 적으면 통과하는 게임이에요. 먼저 여러분이 'How many?'라고 질문을 합니다. 이 질문에 다음 순서의 친구가 사물을 영어로 대답하면서 손뼉을 치면 돼요. 모두 잘할 수 있죠?"

"네!"

"자, 그럼 한나부터 시작! How many?"

"Chairs, 의자."

한나는 의자의 스펠링을 하나씩 칠판에 적었어요.

"한나, 잘했어요! 다음은 지윤이!"

Thing
in the class

How many

Desks

"How many?"

"창문, Windows."

그런데 창문의 지윤이는 스펠링이 생각나지 않았어요.

그러자 선생님이 말했어요.

"이렇게 지윤이처럼 스펠링이 기억나지 않을 땐 이렇게 하세요.
'How do you spell?'이라고 말하면 친구들이 지윤이를 도와주는 거
죠. 어때요?"

지윤이는 작은 소리로 말했어요.

"How do you spell?"

그러자 친구들이 입을 모아 큰 소리로 대답해 주었어요.

"더블유, 아이, 엔, 디, 오, 더블유, 에스!"

"잘했어요. 자! 다음 친구."

지윤이는 친구들의 도움을 받아 게임에 통과할 수 있었어요. 집으로 돌아와 지윤이는 오늘 있었던 게임의 질문을 다시 노트에 적어 혼자 대답하는 연습을 했답니다. 영어 복습을 해 가는 것이 바로 담임 선생님과의 비밀 약속이었기 때문이지요.

지윤이가 큰 소리로 영어를 말하는 소리가 들리자 지윤이의 엄마는 방문을 살짝 열어 봤어요.

"지윤아, 열심히 영어 공부하는구나. 우리 딸 기특하네."

지윤이는 엄마에게 오늘 있었던 일을 털어놓았어요.

"엄마, 오늘 영어 수업 때 How many라는 게임을 했는데요. 제가 창문 스펠링이 기억이 나질 않아서 친구들에게 'How do you spell?'이라고 말했어요. 그랬더니 친구들이 스펠링을 하나하나 불러 줬어요."

"우리 지윤이 당황했겠구나? 속상하진 않았니? 뭐든 기초부터 튼튼히 해야 하는 거야. 오늘 영어 시간 때 배운 것을 반복하고 또 반복해 노력한다면 지윤이도 영어 잘할 수 있는 친구가 되어 있을 거야."

"정말요?"

"그럼, 잘할 거야. 내일 학교 가려면 어서 자야지?"

"네!"

잠자리에 든 지윤이는 오늘 했던 영어 게임을 교실 대신 방에 있는 물건으로 하나둘 생각하다 잠이 들었어요. 아침이 밝아 학교에 간 지윤이는 가장 먼저 담임 선생님을 만나러 갔어요.

"선생님!"

"지윤이 왔구나? 어제 배운 영어를 정리해 봤니?"

"네, 어제 영어 시간에는 영어 게임을 했는데 칠판에 쓴 문장을 적어 집에서 영어 게임을 혼자 해 봤어요. 영어 단어가 떠오르지 않으면 인터넷에서 찾아 발음을 들었어요."

"잘했어. 앞으로도 이렇게 차근차근 지윤이가 할 수 있는 것부터 시작해 보자. 영어 게임이 재밌었다니까 지윤이가 좋아하는 것으로 기초부터 쌓고 천천히 노력해 간다면 잘할 수 있을 거야. 오늘 있는 영어 수업도 힘내자!"

선생님의 격려를 받은 지윤이는 가벼운 마음으로 교실로 돌아갔답니다.

어린이 여러분도 지윤이처럼 영어 수업이 재미없고 지루했나요? 영어를 잘하고 싶지만 어렵기만 해서 더 그랬을 거예요. 공부에서 예습과 복습은 무척 중요합니다. 특히 실력이 부족하다면 더욱 필요하죠. 예습과 복습을 하지 않은 채 하나둘 놓치고 지나가다 보면 고학년이 되었을 때 수업에 따라갈 수 없는 상황이 생기기 때문에 예습과 복습으로 기초를 탄탄하게 잡아 줘야 합니다.

그래도 영어가 재미없고 자신이 없다면 쉬운 것부터 시작해 봐요. 지윤이처럼 영어 게임을 통해 문장도 외우고 스펠링도 이야기해 보는 건 어떨까요?

영어 공부,
이렇게 하세요

알파벳으로 게임하기

영어 공부가 어렵고 딱딱하기만 했다면 이젠 영어 게임을 통해 재미있게 시작해 볼까요?

영어 게임을 하기 전에 먼저 주사위를 만들어 봐요. 정육면체처럼 생긴 통이 있다면 흰 종이를 붙여 One(Eye), Two(Nose), Three(Mouth), Four(Ear), Five(Head), Six(Neck)를 써 보세요. 한 명은 숫자를 쓰고 한 명은 괄호 안에 있는 것을 그리면 됩니다.

준비가 끝나면 각자 빈 종이에 타원형을 크게 그립니다. 가위바위보를 하고 이긴 사람이 주사위를 던집니다. 주사위를 던진 사람은 주사위에 나온 신체 부위의 모양을 미리 그려 두었던 타원형 얼굴 안에 그리고 상대는 숫자를 씁니다. 다시 가위바위보를 해 주사위를 던집니다. 이긴 사람이 위와 같은 방식으로 게임을 진행합니다. 이 게임은 얼굴 모양이 먼저 완성되는 사람이 이기는 게임입니다. 숫자와 얼굴 모양의 단어를 적어 아이가 쉽게 영어와 친밀해질 기회를 만들어 줍니다. 게임을 하다 보면 스펠링도 천천히 익힐 수 있습니다.

또 다른 게임은 없을까요? 우리가 잘 아는 빙고 게임을 영어로 하는 거예요. 주제를 달리해 서로 맞히는 재미가 있죠. 영어로 빙고 게임을 해 보는 건 어떨까요?

가로 5칸, 세로 5칸을 종이에 그린 뒤 친구와 주제를 정하는 거죠. 과일, 교실 안에 있는 물건 등 친구들이 하고 싶은 주제를 정합니다. 그리고 영어로 빈칸을 채워 가는 거죠.

가위바위보를 하거나 여러분이 규칙을 정해 순서를 정한 뒤 빙고 게임을 시작합니다. 이 게임은 친구들이 가장 많이 아는 단어를 써야만 이길 수 있어요. 혹은 친구들이 알지 못하는 단어도 몇 개 적습니다. 가로 5칸과 세로 5칸에 나와 있는 단어들을 모두 맞혀야 이기기 때문이죠.

진 사람이 맛있는 과자 내기를 하거나 이긴 사람의 소원을 들어주는 것도 좋은 방법이겠죠?

이렇게 자연스럽게 영어 게임을 하다 보면 어느새 실력이 쑥쑥 자라 있을 거예요. 이건 그저 한 번 지나가고 잊어버리는 게임이 아니라 머릿속에 오래 남는 학습 게임이기 때문이에요. 친구들과 우정도 쌓고 영어 실력도 쌓고 일거양득이랍니다.

3

쉬운 영어 공부는 없나요?

주말에 희라는 가족과 함께 마트에 들렀어요. 엄마가 DVD 코너를 둘러보다가 희라를 불렀어요.

"희라야, 네가 좋아하는 애니메이션 DVD 사 줄게. 한번 골라 보렴."

"엄마, 〈라푼젤〉 DVD 사도 돼요?"

"응. 희라야, 그 대신 영어판으로 사야 한다."

"네!"

엄마는 항상 희라에게 영어판 DVD를 사 줬어요. 거실 한쪽에는 희라가 자주 보는 DVD로 가득 찬 공간이 있을 정도예요.

집에 도착해 희라는 장바구니에서 〈라푼젤〉 DVD를 꺼내 들어 엄마에게 갔어요.

"엄마, 〈라푼젤〉 언제 봐요?"

"희라야, 밥 먹고 이따가 보자."

"이따가 언제요?"

"으이그, 그렇게 보고 싶니?"

"네!"

엄마를 졸라 희라는 결국 〈라푼젤〉 DVD를 틀었어요. 한글 자막이 나오지 않아 못 알아듣는 문장도 많지만 희라는 그림을 보며 영어와 더 가까워질 기회를 만들곤 했어요. 희라는 MP3에 〈라푼젤〉에 나오는 배경 음악 파일을 내려받아 공부할 때마다 들었지요. 그럴 때마다 마치 영화 속 라푼젤이 된 듯한 느낌이었어요.

"7 A.M the usual morning line up. Start on the chores and sweep 'till the floor's all clean."

희라는 어느새 음악에 맞춰 노래를 흥얼거리기 시작했어요.

"엄마, 이 가사 인쇄해 주세요."

"그럴까? 〈When will my life begin〉 노랫말이지?"

"네, 이 노래를 부르면 제가 라푼젤이 된 것 같아요."

"희라야, 노래를 그냥 부르지 말고 무슨 뜻일까 생각하면서 불러 보렴. 그럼 더 라푼젤이 된 기분이 들 거야."

이튿날 학교에 간 희라는 친구들과 〈라푼젤〉 이야기를 했어요.

"민수야, 너 〈라푼젤〉 봤어? 진짜 재밌어!"

"정말? 나도 보고 싶다. 오늘 너희 집에 가서 〈라푼젤〉 봐도 돼?"

"그래, 오늘 보러 가자."

방과 후 민수는 희라와 함께 희라네 집으로 향했어요.

"엄마, 다녀왔습니다."

"희라 왔구나. 민수도 왔네? 오랜만이구나."

"아주머니, 안녕하세요?"

"엄마, 민수랑 〈라푼젤〉 보려고요."

엄마는 DVD를 틀어 주고, 민수와 희라에게 줄 과일을 준비해 거실로 가져갔어요.

〈라푼젤〉이 시작하자, 주인공이 등장해 영어로 말하기 시작했어요.

"어? 희라야, 설마 이거 영어 애니메이션이야?"

"응."

"아, 뭐야! 나 영어 못하는데."

"나도 못해. 일단 그냥 보는 거야."

영어 자막과 영어 음성은 민수에게 무척 낯설었어요. 이미 희라는 〈라푼젤〉을 본 뒤라서 줄거리와 주인공이 할 다음 대사도 알고 있었죠. 하지만 민수는 전혀 알아듣지 못했어요. 그저 화면만 넋을 놓고 쳐다봤죠.

"희라야, 어떻게 된 거야?"

"이따가 라푼젤이 머리를 풀어서 성에서 내려올 거야."

내용을 술술 이야기하는 희라를 민수는 신기한 듯 바라보았어요.

"너 저걸 다 알아듣는 거야?"

"아니. 사실 나는 2번 정도 봤어. 나도 처음에는 못 알아듣고 화면만 계속 봤는데 라푼젤이 하는 대사를 따라 하고 싶어서 들리는 단어를 공책에 적고 찾아봤어. 그랬더니 무슨 뜻인지도 알겠고, 내용은 당연히 여러 번 봤으니 알고."

"너 대단하다. 네가 영어를 잘하는 이유가 있었구나."

"그런가? 이것 말고도 영어로 된 애니메이션을 좋아해. 너는?"

"나는 컴퓨터 게임만 하기 바빠서 애니메이션은 잘 안 봐."

"그래? 애니메이션이 얼마나 재밌는데!"

"나는 네가 영어를 잘하는 이유가 머리가 똑똑해서 그런 줄 알았는데 애니메이션을 반복해 보면서 실력을 쌓았던 거구나."

"응, 아마 그랬던 모양이야. 이거 너도 빌려 줄게. 집에 가서 여러 번 반복해서 보고 들리는 단어나 문장을 적어 봐. 너도 금방 나처럼 이해할 수 있을 거야."

희라는 민수에게 〈라푼젤〉 DVD를 내밀며 말했어요. 민수는 머리를 긁적이며 DVD를 받았지요.

민수도 희라처럼 영어와 친해질 수 있을까요?

희라가 봤던 〈라푼젤〉 말고도 재미있는 애니메이션은 아주 많아요. 애니메이션은 어린이 여러분이 보기에도 재밌고, 부모님과 함께 봐도 재밌어요.

단, 애니메이션을 보고 즐기는 데서 끝나지 않고 희라처럼 학습과 연결시키는 것이 중요합니다.

영어로 된 애니메이션을 자막 없이 보면서 천천히 알아들을 수 있는 단어만 몇 개 적어 보세요. 너무 적다고 속상해할 필요는 없어요. 처음부터 많이 들리는 사람은 드물거든요.

또, 희라처럼 애니메이션에 나온 배경 음악을 찾아서 들어 보는 것도 좋아요. 즐겁게 노래를 부르고 따라 하다 보면 자신도 모르게 영어를 쉽고 즐겁게 익힐 수 있을 거예요.

영어 공부, 이렇게 하세요

영어 애니메이션 반복해 보기

대부분의 어린이가 애니메이션이나 동화를 좋아할 거예요. 애니메이션이나 동화를 이용하면 지루하고 어렵기만 한 영어 공부도 쉽고 재미있게 할 수 있답니다.

막상 영어 공부를 하려면 무엇부터 시작해야 할지 막막한 친구가 많을 거예요. 이런 친구들에게 재미있는 영어 애니메이션을 권하고 싶습니다. 영어판으로 된 애니메이션을 보면 영어 공부에도 도움이 되고 재미가 있어 즐거워요. 애니메이션은 대부분 발음이 정확하고 은어가 적어요. 그래서 더 쉽게 이해할 수 있지요.

애니메이션의 장점은 누구나 편하게 감상할 수 있고 내용 또한 감수성을 자극해 교훈적이라는 거예요. 실생활에서 어린이 친구들뿐만 아니라 어른들이 보기에도 매우 유익하답니다.

대충대충 흘려듣고 그림만 보는 것이 아니라 해당 주인공이 하는 대사를 확실히 들으려 노력해 보세요. 같은 작품을 여러 번 반복해 보다 보면 영어 듣기 실력이나 회화 표현 등 실력을 확실히 늘려 갈 수 있을 거예요.

영어 공부를 하기 좋은 애니메이션을 몇 개 알려 줄게요.

〈니모를 찾아서〉라는 영화를 들어 본 적 있나요? 들어 본 친구도 있고 그렇지 않은 친구도 있을 거예요. 이 애니메이션은 호기심 가득한 물고기 니모의 험난한 여정과 그 여정을 함께하는 다양한 수중 캐릭터들의 등장이 무척 흥미로운 작품입니다. 감동도 있고 더불어 줄거리가 탄탄하죠. 주인공들의 발음 역시 정확한 편이어서 영어 초보자가 공부하기 좋은 애니메이션이에요.

다음은 희라가 민수에게 추천해 준 월트 디즈니 사의 〈라푼젤〉이에요. 라푼젤의 탑에 침입한 왕국 최고의 대도 라이더를 통해 라푼젤이 집 밖으로 모험을 떠나며 생기는 사건으로 이야기가 전개됩니다. 이 애니메이션의 장점은 주인공이 공주이기 때문에 발음이 또박또박하며 영어 학습에 좋다는 것입니다. 또한 주인공들의 대화가 노래로 이루어져 한 편의 뮤지컬을 보는 듯한 감동을 줍니다.

〈슈렉〉은 너무나 유명한 애니메이션 시리즈이죠? 〈슈렉〉은 1편부터 5편까지 나와 꾸준히 영어 공부하기에 좋아요. 이 애니메이션의 장점은 인물들의 대화가 대부분 짧고 간결한 문장으로 이루어져 있다는 것이에요. 또한 인물들이 표준어를 사용하고 은어와 비속어의 사용은 보이지 않아요. 발음 역시 정확한 편이죠. 그러나 당나귀인 동키는 말이 무척 빠르므로 귀를 기울여 잘 들어야 해요.

〈토이 스토리〉는 명작이라는 칭호로 알려져 있어요. 1편부터 3편까지 모두 흥미진진한 이야기로 구성되어 있지요. 등장하는 대부분의 장난감들 역시 발음이 정확한 편이에요.

이처럼 영어 공부를 하기 좋은 애니메이션의 공통점은 발음이 정확하고 은어가 적다는 거예요. 영어를 더 잘하기 위해서는 확실히 듣고, 확실히 문장을 파악하는 연습을 해 보세요. 어느새 실생활에서 활용할 수 있는 영어 실력이 자라 있을 거예요.

영어 단어 외우기 어려워요

4

학교에 가장 먼저 도착한 인혜는 영어 단어장을 펴서 외우고 있었어요. 그런 인혜 옆에 진이가 다가와 말을 걸었지요.

"인혜야, 왜 이리 빨리 왔어? 아침에 공부하면 영어 단어가 잘 외워져?"

"응, 먼저 와서 조금씩 외우다 보면 머리에 쉽게 들어와."

"네 단어장 한번 봐도 돼?"

"응, 여기."

진이는 인혜의 영어 단어장을 보자마자 의아한 표정을 지었어요.

오리가 그려져 있고 그 밑에는 'Duck: 휙 수그리다, 오리. The duck ducked quickly.'라고 쓰여 있었어요.

"인혜야, 이건 영어 단어장이 아니라 그림 동화 같아. 이렇게 외우면 정말 잘 외워져?"

"나는 영어 학원도 안 다니잖아. 그래서 나에게 맞는 영어 공부법을 찾아봤어."

"그랬구나. 나는 영어 단어를 쓰고 무작정 뜻만 외우는데……."

"영어 단어를 그냥 외우려고 하면 잘 외워지지 않잖아. 그래서 나는 예상되는 그림을 직접 그려 보고 문장과 같이 외워."

"나도 오늘부터 한번 해 봐야겠다."

진이는 학교 수업이 끝나자마자 문방구로 향했어요. 문방구 아주머니가 진이를 반겼어요.

"진아, 어서 오렴. 준비물 사러 왔니?"

진이는 영어 단어장을 만들 공책을 찾으며 말했어요.

"아주머니, 영어 단어장 공책 있어요?"

"저기 위에 있단다."

공책을 골라 계산을 하고 나오는데 같은 반 친구들이 진이를 불렀어요.

"진아, 오늘 놀러 갈래? 우리 오늘 지연이네 집 가기로 했는데."

"아니, 나는 집에 가서 할 일이 있어서……."

"그래, 그럼 내일 학교에서 보자."

"응. 잘 가."

진이는 같은 반 친구들과 함께 지연이네 집에서 놀고 싶었지만 아쉬운 마음을 뒤로하고 집으로 향했어요. 노는 것보다 더 하고 싶은 일이 있었거든요.

"엄마, 저 다녀왔어요."

"웬일로 우리 딸이 일찍 왔네. 손에 든 그건 뭐야?"

"오늘부터 영어 공부 시작하려고요."

진이는 가방에서 필통을 꺼내 책상에 앉아 영어 교재를 찾았어요.

'어디 있지? 아, 여기 있다!'

진이가 찾았던 영어 교재는 학원에 다니면서부터 공부하지 못했던 책이었어요. 그동안 영어 학원에 다닌다고 이 책은 멀리 했었지요.

'아! 색연필하고 사인펜도 필요해.'

진이는 책상 서랍을 열어 색연필과 사인펜도 꺼냈어요. 그리고 영어 교재를 펴 목차에 공부할 페이지를 표시했어요. 2장의 주제는 '밟다.'였어요.

"Tread, 밟아 뭉개다. 아니지. 이렇게 무작정 쓰고 외우면 안 된다고 했지."

진이는 인혜가 알려 준 방법으로 영어 단어와 뜻을 쓴 뒤 사람이 무언가를 밟는 모습을 그리기 시작했어요. 그림을 그리다 보니 Tread 라는 단어의 뜻이 머릿속에 쏙쏙 들어왔어요. 다음 문장은 'Don't tread on the trees.'였어요.

"나무를 밟아 뭉개지 마."

진이는 문장의 뜻을 소리 내어 말한 뒤, 나무를 밟는 그림을 그리고 옆에 엑스 표시를 했어요.

'조금 더 응용할 방법은 없을까?' 하고 생각한 진이는 Tree라고 쓰여져 있던 곳에 Sunflower라고 적었어요.

"해바라기는 Sunflower니까 '해바라기를 밟아 뭉개지 마.'라고 쓰고 해바라기 밟는 모습을 그리면 되겠다."

진이는 다른 식물을 찾아 응용했어요.

이튿날, 진이는 아침 일찍 학교에 가서 인혜를 만났어요.

"인혜야, 오늘도 일찍 왔네."

"진이야, 너도 일찍 왔구나. 내가 알려 준 대로 영어 공부 해 봤어?"

"응. 어제 영어 학원 안 가는 날이라 저번에 집에서 공부하던 영어 교재 꺼내서 영어 단어 정리해서 공부했어."

"어때? 잘 외워져?"

진이는 어제 예쁘게 정리한 영어 단어장을 꺼내 보이며 말했어요.

"응, 이렇게 네가 알려 준 대로 영어 단어 적고 그림을 그려 가면서 공부하니까 더 쉽게 이해되는 거 있지?"

"그것 봐. 어렵지 않지? 무작정 외우는 것보다 네가 쉽게 외울 방법을 찾으면 더 쉽게 공부할 수 있어."

"영어 학원에서 영어 단어 매일 시험 보잖아. 시험 본다고 하니까 압박감에 외우기는 하는데 금방 잊어버리더라고. 또 시험 볼 땐 너무 긴장해서 배도 아팠어. 그래서 영어가 더 재미없었어."

"나도 그래. 빨리 외우기만 하려고 했어."

그동안 인혜와 진이는 영어 단어를 빨리 암기하려고만 했지요. 무작정 암기만 하다 보니 놓치고 지나가는 문장도 많았어요. 한 번에 많은 양을 공부하는 것도 좋지만 본인이 할 수 있는 적정량을 정해 공부하는 것이 좋아요. 하루에 영어 단어를 30개씩 외우는 친구도 있고 일주일에 100개씩 외우는 친구도 있어요. 사람마다 차이가 있기 때문에 자신이 남들보다 부족한 것 같아 걱정하거나 속상해할 필요 없어요. 영어 단어를 하루에 하나씩 외워도 기억에 오래 남는다면 이 방법이 가장 좋은 방법인 거예요.

또한 영어 단어를 외우고 제대로 이해해 본인의 것으로 만들었는지 확인하는 것이 가장 중요해요. 스스로 영어 문제를 만들어 풀고 채점하는 것도 영어 실력에 도움을 준답니다.

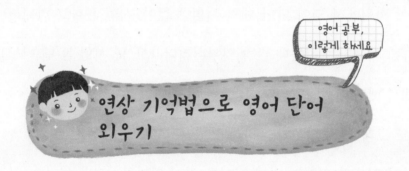

영어 공부,
이렇게 하세요

연상 기억법으로 영어 단어 외우기

막상 영어 공부를 하려면 모르는 단어로 가득하고, 영어 단어 정리를 하다 보면 시간이 다 가는 바람에 영어 단어만 정리하고 잠자리에 드는 경우가 있을 거예요.

한국어든 영어든 우리가 처음 언어를 배울 때 시작하는 것이 글자이고, 그다음 기초가 되는 것이 단어입니다. 처음부터 기초를 잡지 못하면 중학교에 가서도, 고등학교에 가서도 기초를 놓쳐 수업에 따라가지 못하는 현상이 발생합니다. 영어는 한 번에 많은 양을 공부한다고 해서 실력이 쌓이는 과목이 아니므로 꾸준히 반복해 공부하는 것이 중요합니다.

어린이 여러분은 인혜와 진이처럼 영어 단어를 재밌고 또 쉽게 외우기 위해 어떤 노력을 해봤나요? 무작정 단어 암기를 한다면 쉽게 잊어버릴 수 있습니다. 외우려 하지 말고 떠올리는 방법을 써 보는 건 어떨까요?

쉽고 오랫동안 기억을 유지해 주는 방법 중 하나가 연상입니다. Skid라는 단어와 '미끄러지다.'라는 뜻을 억지로 연결하려면 금방 잊어버립니다. Skid라는 단어에서 Ski를 떠올리고 스키를 타다가 미끄러지는 모습을 머릿속에 떠올린다면 Skid라는 단어의 뜻이 오랫동안 기억에 남을 것입니다. 이미지 연상 작용을 최대한 활용해 효과적으로 영어 단어를 외워 보세요.

단어를 얼마나 아느냐에 따라 그다음 연결될 말을 시작할 수 있답니다. 그러므로 영어 단어를 얼마나 많이 알고 자유롭게 표현하느냐에 따라 표현이 더욱 풍부해지고 자유로워지는 거예요.

이 방법이 잘 되지 않는다면 영어 단어에 따라 몸짓으로 표현하는 방법도 좋아요. Drive라는 단어는 양손으로 핸들을 잡는 시늉을 하며 몸짓으로 표현해 봐요. 행동을 취하면서 단어를 외우면 그냥 말로 주입하는 것보다 훨씬 쉽게 단어에 친숙해집니다.

어린이 여러분은 Yes와 No를 생각하면 어떤 몸짓이 생각나나요? 아마 대부분의 친구가 Yes는 동그라미를, No는 엑스 표시를 떠올렸을 거예요. 이처럼 몸짓으로 영어를 외우면 동작이 뇌를 자극해 더 쉽게 외워진다고 합니다. Yes라고 말할 때 동그라미를 그리고 No라고 말할 때는 엑스를 떠올리는 것처럼 말이에요.

서점에 가 보면 학년별로 영어 암기하는 책이 나와 있어요. 학년에 맞춰 영어 단어를 외우는 것도 좋지만 본인의 수준에 따라 책을 선택하는 것이 좋아요. 지금 1학년인데 3학년 수준을 배우는 친구도 있지만, 5학년인데 1학년 영어를 배우는 친구도 있어요.

1학년인데 3학년 수준을 배운다고 우쭐해하거나 거만해하면 안 돼요. 모든 공부는 꾸준히 공부해야 역량을 발휘할 수 있기 때문에 절대 "이 정도면 되겠지? 나보다 영어를 잘하는 친구는 없어."라고 생각한다면 더 발전할 수 없답니다.

반대로 5학년인데 1학년 영어 단어를 외운다고 속상해하고 창피해 하지 말아요. 지금부터 영어 단어를 위와 같은 방식으로 잘 외워 노력하면 발전 가능성이 높기 때문에 영어에 자신감을 갖게 될 거예요.

발음이 두려워요

5

영국 BBC 현지 주요 언론들은 최근 영국에서 열린 다국어 말하기 대회에서 우승을 차지한 옥스퍼드 대학에 재학 중인 한 학생을 소개했어요.

언론에 따르면 우승 학생은 현재 영어, 그리스 어, 독일어, 스페인 어, 러시아 어, 네덜란드 어, 아프리칸스 어, 프랑스 어, 히브리 어, 카탈로니아 어, 이탈리아 어 등 11개 언어를 구사한다고 합니다.

그리스계인 어머니의 영향으로 어렸을 때부터 영어와 그리스 어를 사용했고 때로는 프랑스 어로도 이야기했습니다. 그리스에 사는 친척과 자주 어울리며 그리스 어를 연습했고 네덜란드 어는 CD와 책으로 공부했어요.

BBC와 인터뷰에서 그는 말했어요.

"언어마다 특성이 있어요. 말하는 방식이나 어순이 비슷한 경우는 훨씬 공부하기 쉬웠습니다. 그리스 어와 스페인 어는 발음이 비슷했고, 네덜란드 어와 아프리칸스 어는 단어는 비슷하지만 성격이 달라 가끔 헷갈리는 일도 있었어요."

"더 배우고 싶은 언어가 있나요?"

"앞으로 더 많은 언어를 배우고 싶어요. 아랍 어와 세르비아 어 등을 공부할 계획을 하고 있습니다."

영어 발음을 하는 것도 어려운데 이 학생은 어떻게 11가지의 언어 학습이 가능했을까요? 우선 언어를 발음하는 것에 대한 부담감이 없어야 합니다. 부담감이 있어서 발음을 더 흐리게 하는 때도 있거든요.

초등학교 6학년인 경수는 영어 시간에 선생님이 자신의 이름만 불러도 얼굴이 붉어집니다.

"다음부터는 경수가 읽어 보자."

"……."

"경수야, 어디인지 몰라?"

경수가 우물쭈물하자 짝꿍인 석현이
가 속삭였어요. 그러자 경수는 "아니,
아는데 발음을 잘 못하겠어." 하고 작
은 목소리로 대답했지요. 선생님이 경
수를 다시 재촉했어요.

"경수야! 어서 읽어 보렴."

"저……. 이익스큐즈……."

"음, 그냥 선생님이 읽도록 할게요."

경수는 온몸에 식은땀이 흘렀어요.

'휴······.'

수업이 끝나고 석현이가 물었어요.

"경수야, 아까 영어 시간에 왜 그랬어? 매일 단어 시험 보면 백 점 맞으면서."

"영어 단어는 쓰기만 하면 되잖아. 그런데 발음하는 게 너무 어려워. 나보다 더 영어 발음이 좋은 친구들이 우리 반에도 많잖아. 내가 혹시나 발음이 이상해 놀림을 당할까 봐."

"나도 솔직히 말하면 조금 무서워. 기현이는 여름 방학 때 미국 연수 갔다 왔대."

"진짜? 어쩐지 기현이는 발음이 좋더라."

"나도 6학년 겨울 방학 때 필리핀으로 어학연수 갈 계획이야. 너도 엄마한테 어학연수 보내 달라고 말해 봐."

"우리 엄마는 안 보내 주실 걸."

경수는 세상이 불공평하다고 생각했어요. 남들이 다 가는 어학연수 하나 가지 못하는 자신의 처지가 너무 속상했어요. 집에 가서 부모님께 어학연수 이야기를 꺼내면 어학연수에 가지 않아도 영어 발음이 좋은 사람은 많다고 혼이 날 것이 분명했거든요.

경수는 엄마에게 문자 메시지를 보냈어요.

'엄마, 저도 어학연수 보내 주시면 안 되나요?'

수업 내내 경수는 엄마의 답이 궁금해 휴대 전화를 주물럭주물럭했어요. 그런 경수 뒤에서 기현이는 친구들에게 여름 방학 때 다녀온 어학연수 이야기를 해 주고 있었지요.

"기현아, 너 그럼 미국 다녀온 거야?"

"응. 너희도 꼭 미국 연수 다녀와."

"어쩐지, 너 저번보다 영어 발음이 훨씬 좋아졌더라. 너 저번에는 필리핀 어학연수도 갔잖아."

"진짜? 기현이 멋지다!"

"에이, 너는 일주일에 두 번씩 원어민 선생님께서 집에 오신다며."

"응. 우리 원어민 선생님 가끔 한국말로 말할 때가 있는데 진짜 잘해."

"진짜? 하하하."

이야기를 들어 보니 같은 반 친구 중 원어민과 대화할 기회가 없는 사람은 경수뿐이었어요. 그래서 영어 시간에 발음할 때 경수는 항상 자신이 없었어요. 경수는 학교에서 하는 방과 후 수업에도 참여하지만 늘 원어민 선생님의 질문에는 대답하지 못했습니다. 선생님의 질문을 기현이가 대신 통역해 주었지요.

"경수야, 줄리아 선생님이 너한테 취미가 뭐냐고 물으시는데?"

"마이 하비 이즈 플레이 더 피아노."

"굿. 잘했어요. 경수."

기현이도 경수를 격려해 주었어요.

"경수야, 자신감을 가져."

항상 마음속으로 자신감을 갖자고 다짐해도 영어로만 이야기하면 당황하기 바빴어요. 학교 수업이 끝나자마자 경수는 엄마에게 전화를 했어요.

"엄마, 제 문자 보셨어요?"

"경수야, 아직 어학연수 안 가도 돼. 아직은 너무 어려. 그리고 엄마

지금 바쁘니까 전화 끊자."

끊어진 휴대 전화를 보며 경수는 한숨을 쉬었어요.

"휴……. 엄마는 내 마음을 아는 거야? 모르는 거야?"

경수의 엄마는 직장에서 일해 항상 바빴어요. 경수는 그래서 늘 엄마한테 서운했어요. 자신이 영어를 못하는 것도 다 엄마 때문이라고 생각하기도 했어요. 친구들도 경수처럼 영어를 못해 누군가를 원망한 적이 있나요? 요즘은 엄마, 아빠가 맞벌이하는 가정이 많아 '부모님이 자신에게 관심이 없어 친구들에게 뒤지고 있는 것은 아닌가.' 하고 생각하는 친구도 있죠.

요즘은 유치원 때부터 부모님이 원어민이 있는 영어 유치원에 자녀를 보냅니다. 영어에 대한 두려움을 없애 주기도 하고, 기왕이면 조금 더 어렸을 때 배워 두는 것이 유리하기 때문이죠.

하지만 자신이 그럴 수 없는 처지라고 마냥 부러워할 필요 없어요. 인터넷에는 영어 문장을 알려 주는 사이트도 많고, 스마트폰으로 영어 공부를 할 수 있는 어플도 등장했기 때문이죠. 어학연수나 원어민 강사 수업이 아니더라도 얼마든지 원어민의 발음을 들으며 공부할 수 있게 되었답니다.

무심코 길을 지나가다 외국인을 만나면 반갑게 인사해 보기도 하세요. 내 발음이 좋지 않아도 외국인은 다 알아듣고 반갑게 인사해 줄 거예요. 누군가와 비교해 뒤처진다고 생각하지 말아요. 그런 생각을 갖는 친구들은 평생 핑계를 대느라 발전할 수 없을 거예요.

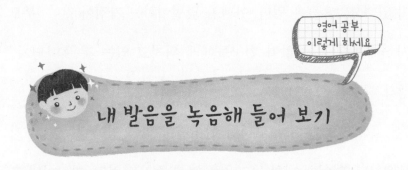

영어 공부,
이렇게 하세요

내 발음을 녹음해 들어 보기

영어 시험 점수가 높아도 영어 회화 실력이 떨어지는 사람이 많을 거예요. 글로 배운 영어 회화는 막상 사용하려면 이리저리 엉키고 말로 뱉기까지의 과정이 복잡하거든요. 제대로 훈련하지 못하면 영어 회화에서 발음과 리듬이 어려울 거예요.

그렇다고 혀만 굴리면 영어 발음이 좋아질까요? 절대 그렇지 않아요. 영어는 특유의 리듬과 억양을 살려야 말하기 실력이 향상됩니다.

아직 어린이 여러분은 어른보다 발전할 가능성이 많아서 발음과 리듬을 미리 훈련하면 더욱 좋아질 거예요.

영어 말하기를 잘할 수 있는 방법을 알려 줄게요. 영어 학원에 다니는 것도 좋지만 인터넷을 잘 사용해 부족한 부분을 채울 수 있어요. 요즘은 영어 문장을 치면 발음과 의미를 그대로 알려 주는 사이트도 많아요.

우선 문장 전체를 발음하는 것보다 단어를 기본적으로 하나씩 발음해 보세요. 원어민 발음은 어떤지 비교해 보고 본인의 발음을 녹음해 다시 들어 보세요. 자신의 발음과 원어민의 발음은 어떤 것이 다른지 확인해 보고 다시 발음해 보세요. 처음과 많이 차이가 있음을 확인할 수 있을 거예요. 이런 식으로 하루에 3번씩 반복하다 보면 부족했던 영어 발음이 향상될 수 있을 거예요.

누군가의 앞에서 발음하는 것이 아니므로 창피할 일도 없고, 못한다고 누가 혼내지 않으니 안심하고 여러 방법으로 발음해 볼 수 있지요. 최대한 원어민과 비슷하게 따라 하다 보면 영어 발음이 조금은 수월해질 거예요.

이렇게 해도 영어 발음이 나아지지 않는다면 거울을 보고 발음해 보는 것도 좋아요. 내가 어떻게 발음을 하고 있는지 내 모습을 비추어 확인해 보는 것이죠.

영어를 발음하는 것이 조금 자신 있어졌다면 이 방법도 같이 해보세요. 영어는 말하기뿐 아니라 듣기도 중요하거든요. CNN과 BBC 뉴스 방송을 보는 방법이지요. CNN 방송을 무리 없이 들을 수 있다면 분명 영어 듣기의 고수일 겁니다. 짧은 시간에 정보를 전달하는 뉴스 방송이기 때문에 발음은 정확하지만 굉장히 속도가 빠르죠. 이렇게 빨리 말하는 영어를 무리 없이 들을 수 있다면 정말 좋을 거예요.

또한 이 방송에는 정치 용어나 경제 용어가 함께 사용되고, 주요 화제를 알 수 있어 좋아요. 어린이 여러분에게는 정치 용어나 경제 용어가 다소 어렵게 느껴지겠지만 전혀 이해하지 못하더라도 억양을 자세히 들어 보세요. 뉴스는 다른 프로그램보다 정확한 의사소통을 필요로 하기에 발음이 정확하답니다. 따라서 영어를 시작하는 사람에게 좋은 공부가 되죠.

이외에도 중·고등학생을 위해 10분 정도의 일일 뉴스 프로그램인 CNN Student News도 있어요. 중·고등학생을 위해 만들어졌기 때문에 일반 CNN 방송보다 내용이 더 쉽고 대본도 제공되어 공부하기에 안성맞춤이지요. 이렇게 좋은 자료를 잘 활용한다면 굳이 외국으로 어학연수를 갈 필요 없어요. CNN Student News에서 제공하는 뉴스 대본을 보고 듣고 따라 읽어 보고 단어도 찾아보면 영어 실력이 나아지지 않을까요?

영어 문장력이
떨어져요

세계 공용어가 되면서 영어는 대입이나 취업 자격 조건의 필수 항목이 되어 버렸어요. 더 좋은 대학을 가기 위해, 더 큰사람이 되기 위해 우리는 영어를 배워야 합니다. 특목 중·고등학교에 가기 위해 미리 입시를 준비해야 하고요. 입시는 내신과 면접이나 논술로도 이뤄집니다. 물론 영어도 큰 비중을 차지하고 있죠.

영어를 잘한다고 나름 자부심을 느끼는 4학년 혜정이도 문장력이 부족해 유명한 영어 학원으로 옮기기로 했어요.

이곳에 다니는 학생은 대부분 상위권 실력을 갖췄어요. 엄마의 설득으로 영어 학원을 옮긴 혜정이는 자신이 수업에 잘 따라가지 못할까 우려가 됐어요. 가장 먼저 수준별 특강을 위한 테스트가 진행되었지요.

"우선 혜정 학생 기본 실력부터 테스트할게요. 평소 실력을 확인하는 것이니 부담 갖지 말고 문제를 풀도록 해요."

혜정이는 전교에서 1등을 차지하는 학생이지만 시험은 언제나 떨렸어요.

"다음 주에 어머니 휴대 전화로 연락이 갈 거예요. 미리 신청해도 성적에 따라 합격과 불합격으로 나뉘니 이 점 양해 바랍니다."

학원에서 나오자마자 기다리고 있던 엄마가 혜정이에게 물었어요.

"혜정아, 시험 잘 봤니?"

"잘 모르겠어요. 합격할 수 있을까요?"

"당연하지. 혜정이는 뭐든 잘할 수 있어."

엄마는 늘 혜정이에게 잘할 수 있다고 자신감을 불어넣어 주었지만 혜정이는 부담이 되었어요. 주위를 돌아보니 혜정이처럼 다른 지역에서 일부러 이 학원까지 오는 친구도 많았어요.

"엄마, 이 학원 다니고부터 성적이 오른 것 같아요."

"딸, 내일은 원어민 선생님께서 오시는 날이야. 영어 원서 다 읽었어? 질문도 다 답했고?"

"엄마, 저 이번 특강 왜 떨어진 거예요? 그럼 이 학원은 못 다녀요?"

"응, 다른 학원 가면 돼. 엄마가 확실하게 영어 성적 올려 줄게."

학원 근처라 그런지 여기저기서 부모님과 자녀의 영어 공부에 관한 대화가 들렸지요.

'다들 열심히 영어 공부를 하는구나.'

그때 누군가 혜정이에게 인사를 했어요. 친구 지혜와 지혜의 어머니였어요.

"어머, 혜정아! 너도 이 동네에서 학원 다니니?"

"안녕하세요, 아주머니. 지혜야, 안녕?"

"어머, 지혜 엄마. 여기는 웬일이야?"

"지혜가 여기 참돌 영어 학원 다니잖아."

"참돌 영어 학원? 거기 어때?"

"지혜가 영어 말하기는 되는데 어휘력이 조금 부족해서 알아보다가 이쪽으로 다니게 됐어."

"그랬구나. 우리 혜정이도 이쪽으로 영어 학원 옮기려고."

"혜정이는 뭐가 부족한데? 혜정이가 공부 잘한다고 우리 동네까지 소문났더라."

"아니야. 지혜가 더 잘하지. 혜정이는 쓰기가 좀 안 돼서 걱정이네."

두 어머니의 대화는 끊임없이 이어졌어요. 이처럼 혜정이와 지혜

어머니 말고도 고학년 자녀를 둔 부모님들은 미리 입시 준비를 하기 위해 어느 영어 학원이 좋은지 공유를 하곤 합니다. 하지만 무조건 유명한 학원만 보내려는 부모님들은 아이의 영어 수준도 파악하지 못한 채 무조건 학원에 보내기만 하죠.

초등 영어 교육은 읽기, 듣기, 쓰기, 말하기가 기본이에요. 특히 학생들의 뛰어난 쓰기 실력을 강조하며 이들이 초등 고학년과 중학생이 되면 그대로 영어 실력으로 이어진다고 해요.

쓰기 능력에는 리딩, 문법, 스피킹, 어휘 구사력, 문장 구사력, 글의 논리력 등이 그대로 묻어납니다. 언어 영역뿐만 아니라 학생의 수학 능력도 평가할 수 있다고 해요. 사고력과 창의성은 기본이고 분석력과 집중력까지도 판별이 가능합니다. 미국의 주요 대학이나 명문 중·고등학교에서 입학 사정으로 자기소개서와 학습 계획을 필수적으로 평가하는 이유가 여기에 있어요.

현재 강남권 고등학교 학생들은 내신이 뒤처지더라도 영어 모의고사 1등급을 받는 경우가 흔하다고 합니다. 상위권 학생들은 이 변별력 상실을 대비하고자 쓰기 능력, 즉 자유로운 문장 능력을 필수로

갖추고 있다는 뜻입니다.

이러한 능력을 키우려면 무엇부터 준비해야 할까요? 바로 '영어 소설책 읽기'예요. 영어 소설책을 읽으면 문장력뿐만 아니라 어휘 구사력에도 도움이 됩니다.

꾸준히 영어 소설책으로 독서만 한다면 학원에 다니지 않아도 될 만큼 실력이 향상됩니다. 처음에는 많이 써보는 훈련이 필요해요. 스펠링, 문법 등이 틀려도 노력한다면 쓰기 능력도 나아질 거예요.

영어 공부,
이렇게 하세요

북클럽 만들기

영어 학원에 다니지 않고 쓰기 능력을 향상하는 방법은 없을까요? 초등학교 한 반 40명 중 2분의 1 정도가 영어 학원에 다니고 있을 정도로 요즘 부모님과 자녀는 영어에 대한 관심이 많아요.

지원이와 예린이는 북클럽 활동을 하고 있어요. 지원이는 고등학생이고 예린이는 초등학생이지만 영어 독서를 좀 더 재밌고 효과적으로 하는 방법을 찾다가 북클럽 활동을 시작했어요. 여럿이 한 책을 읽은 후 서로의 의견을 교환하는 방법으로 읽기는 물론 쓰기 능력, 사고력까지 향상되었어요.

이번 달 북클럽 리더는 서영이에요.

'이번에는 어떤 책을 선정하면 좋을까?'

서영이는 참돌 문고 인터넷 서점에 들어가 초등학교 수준에 맞는 책을 찾아보았어요.

"이게 좋을까? 이번에는 이 책으로 해야겠다."

이 북클럽의 주요 활동은 리더인 서영이가 먼저 영어 책을 읽고 문제를 내면 다른 회원들 역시 같은 책을 읽은 뒤 문제의 답을 써 서영이에게 보내는 거예요.

"11기 북클럽에서 논의할 책 제목과 이번 책에 대한 문제입니다. 확인해 주세요."

서영이의 메일을 받은 회원들은 일주일 동안 서영이가 추천한 책

을 읽을 거예요.

"지은이는 왜 진아를 구해야만 했나요? 구하지 않았더라면 자신이 위험해지

지 않았을 건데, 그래야만 했던 이유와 나라면 어떤 행동을 보여 줬을지 1,000

자로 적어 보세요."

　서영이를 제외한 나머지 5명의 회원은 서영이가 보낸 메일을 받고 도서관이나 서점에 가서 책을 구해 왔어요. 일주일이 지나면 회원들은 미리 가입해 둔 커뮤니티 사이트에서 서영이가 보낸 문제에 답변을 해요. 모든 회원이 문제에 관한 답을 보낸 뒤, 서영이는 모두의 답과 의견을 함께 공유하지요.

　"이번 책은 내 경험담을 소재로 해서 읽기 쉬웠어요."

　"예문을 만드는 데 시간이 걸리긴 했지만 이번 책은 재미있었어요."

　이렇게 일주일에 한 번씩 돌아가며 리더를 맡아 책을 고르고 문제를 내면서 저절로 책임감과 성취감이 생겼어요. 그리고 한 달에 한 번은 온라인이 아니라 직접 만나 그동안 읽은 책에 대해 공유를 한답니다. 북클럽 활동을 지속한 한 친구는 이렇게 이야기했어요.

　"처음에 제가 선택한 책은 유치원 수준이었어요. 지금은 영어 원서를 읽으면서 문장력도 늘고 사고력과 창의성도 늘고 있다는 느낌이 들어요."

북클럽의 회원뿐만 아니라 회원의 어머니도 자유롭게 해당 커뮤니티에 접속해 의견을 교환할 수 있어요. 북클럽 활동은 전적으로 '회원 각자의 자율'에 맡겨져 있어요. 과제를 제출하지 않는다고 벌을 주는 사람이 없지요. 하지만 회원들의 과제 제출률은 100퍼센트랍니다. 온라인에서 이뤄지는 활동인데도 모두 과제물을 손 글씨로 작성해 올리지요.

이 활동을 하면서 일기를 쓰는 것은 결코 쉽지 않아요. 하지만 다른 초등학생들과의 교류는 더없이 좋은 경험을 줍니다.

영희는 북클럽 활동을 열심히 하며 영어 실력이 부쩍 늘었어요. 지금껏 영어 학원 한 번 다닌 적 없지만 미국 초등 5, 6학년생 수준의 영어 책은 막힘없이 읽어 낼 정도예요.

영어 학원에만 다니는 친구들은 대개 학원 교재로만 공부하고 단어도 하루에 수십 개씩 외웁니다. 과제가 많아 힘들어하기도 하죠. 사실 그게 영어 공부의 전부는 아닙니다. 영어 책을 활용하면 학원에 다니는 것보다 훨씬 재밌게 영어를 공부할 수 있어요.

7

외국인과 대화는 무서워요

주말에 미영이네 가족은 오랜만에 외식을 했어요. 무엇을 먹을까 고민을 하다가 피자를 먹기 위해 식당 안으로 들어갔지요. 아직 한산한 시간이라 그런지 손님이 별로 없었어요.

"미영아, 어떤 피자 먹을까?"

"엄마, 저 이거 먹고 싶어요."

"그래, 그거 먹자. 여기 주문이요!"

주문을 하고 피자가 나오길 기다렸어요. 피자가 나오는 동안 지루해진 미영이는 동생 미진이와 함께 식당 안에 있는 어린이 놀이터로 갔어요. 그런데 어디선가 영어가 들렸어요. 고개를 들어 살펴보니 노란색 머리칼을 지닌 외국인이 보였지요.

"저기 외국인이다! 영어하네?"

"언니, 가서 말 걸어 봐."

"나 영어 못해."

미영이는 자신을 보채는 미진이를 데리고 놀이터로 들어가며 대답했어요. 한참을 놀다가 놀이터도 지겨워진 미영이와 미진이는 다시 엄마와 아빠가 있는 테이블로 돌아와 앉았어요.

"엄마, 저기 외국인이 있어요."

"그래? 가서 인사해 보지 그러니?"

그러자 미진이가 나섰어요.

"내가 가서 말 걸어 보고 싶은데 무서워……."

"무섭긴 뭐가 무서워? 엄마랑 같이 가 볼까?"

미진이는 엄마와 손을 꼭 잡고 외국인에게 다가가 무례하지 않은 선에서 인사를 나눴어요.

"Hi!"

미진이는 손을 흔들며 큰 소리로 인사를 했어요. 외국인은 반갑게

인사를 받으며 영어로 미진이에게 이런저런 말을 걸었어요. 하지만

무슨 말인지 알아듣지 못한 미진이는 인사를 하자마자 재빨리 테이

블로 돌아왔지요.

외국인은 잠시 당황스러워하더니 웃으며 서툰 한국말로 엄마에게

말했어요.

"아이가 먼저 인사를 하길래 영어를 잘하는 줄 알았어요."

미영이 엄마는 웃으며 인사를 하고 자리로 돌아왔어요.

"미진아, 그렇게 인사만 하고 도망가면 어떻게 해?"

"나한테 뭐라고 말하는데, 무슨 말인지 알 수가 없어서요……."

"그래도 미진이 참 대단해. 미영이는 무섭다고 못 가는데, 용감하게 외국인한테 가서 인사도 하고."

아빠가 미영이에게 말했어요.

"다음에는 외국인한테 인사도 하고 대화도 해 봐. 그렇게 도망가지 말고."

"네, 영어 공부 열심히 할게요."

풀 죽은 언니 옆에서 미진이가 자랑스럽게 영어로 인사를 해 보았어요.

"Hi, My name is 미진. what's your name?"

기분이 상한 미영이는 "그 정도 영어는 나도 해."라고 대답했지요.

미영이는 미진이보다 언니지만 자신감이 부족해 외국인에게 쉽게 말을 걸지 못했어요. 여러분도 혹시 외국인에 대한 두려움이 있나요? 대부분의 외국인은 여러분의 발음이 어설프거나 문장이 매끄럽지 못해도 어느 정도 알아듣는답니다.

외국인이 무서운 것은 우리와 생김새가 다르다는 이유도 있지만, 의사소통이 잘 되지 않는다는 이유도 있을 거예요. 의사소통이 안 된다고 두려워하지 마세요. 우리에겐 몸짓으로 할 수 있는 의사소통도 있어요. 기죽지 말고 외국인을 보면 반갑게 먼저 인사해 보세요. 단, 방해가 되거나 실례가 되지 않도록 주의하세요.

영어 공부, 이렇게 하세요

외국인 친구 사귀기

차근차근 기초 문법을 가지고 최대한 간결한 문장으로 원어민과 대화해 보세요. 원어민과 기본적인 회화가 가능하다는 것은 영어로 영어를 배울 수 있다는 거예요. 처음이라 부끄럽고 두렵기는 하지만 원어민과 1:1로 대화하면 일반 사람과 대화하는 것보다 훨씬 빠르게 영어 실력을 향상할 수 있어요.

한국인 중에도 한글을 완전히 이해하는 사람은 흔치 않습니다. 하물며 다른 나라의 언어를 이해하는 것은 얼마나 어려울까요? 하지만 어린이 여러분에게는 많은 시간과 기회가 있고, 아직 실수하는 것에 자연스러울 나이이니 창피해하지 않아도 돼요.

너무 완벽한 형태의 영어를 만들려고 노력하다 보면 실수가 두려워지고 결국 흥미를 잃고 포기하는 때도 생깁니다. 외국인과의 대화가 어려운 것 역시 실수를 두려워하기 때문이지요.

서양 문화는 동양 문화보다 훨씬 더 개방적이라서 서양인 대부분은 전혀 모르던 사람과 이야기를 나누고 친구가 되는 것에 망설임이 없어요. 우리나라 사람들은 서양 사람들보다 인간관계에 보수적인 면이 있기 때문에 스스럼없이 친구가 되는 서양 문화에 부딪히면 당황할 수도 있어요.

이러한 두려움을 없애기 위해 외국인 친구를 사귀어 보는 건 어떨까요?

최근 영어 학원이 아닌 영어 회화 카페 같은 스터디 모임이 많아졌어요. 한국인이 모여서 연습하는 수준이 아니라 한국에 거주하는 원어민이 참여하는 영어 회화 공부 모임이에요. 딱딱한 수업 환경보다 편안하고 친목도 쌓을 수 있는 영어 학습 방식이라 많은 인기를 끌고 있어요.

과거에는 펜팔 친구라고 해서 직접 손 편지로 연락을 주고받는 친구가 있었어요. 국제 전화를 사용해 연락하기도 했지요. 요즘은 페이스북이나 트위터로 전 세계 곳곳의 친구를 사귈 수 있고 실시간 대화도 가능합니다. 그뿐만 아니라 컴퓨터로 화상 채팅도 가능하죠. 스마트폰으로도 외국인 친구를 얼마든지 사귈 수 있어요. 컴퓨터나 휴대 전화를 게임만 하는 도구가 아닌 자신을 더 발전시킬 기회로 만들어 보세요.

부록

엄마 아빠가 읽어요

초등영어 학교컨설팅지원단 한은화 선생님의
〈올바른 영어 공부 지도법〉

1

• 처음은 무조건 쉬운 방법으로 시작해야 해요

우리나라는 초등학교부터 고등학교까지 영어를 제1외국어로 지정해 의무적으로 가르치고 있습니다. 또한, 많은 기업에서 영어 실력과 국제적 감각을 갖춘 세계화 인재를 원하고 있습니다. 그 때문에 나이나 성별과 상관없이 영어 실력을 향상하기 위해 노력하고 있어요. 방학 시즌이 되면 단기 및 장기 어학연수를 떠나는 사람도 늘어났습니다.

교육과학기술부와 한국교육개발원이 발표한 자료를 보면 2010년 3월부터 2011년 2월까지 1만 8,741명의 초·중·고등학생이 유학을 떠났다고 합니다. 이 수치는 2009년보다 623명이 늘어난 것으로 2007년 이후 4년 만에 증가한 것이라고 해요.

2010년 전체 유학생은 25만 1,887명으로 그중 60.7퍼센트는 학위취득을 목적으로, 9.3퍼센트는 어학연수를 목적으로 출국했습니다.

우리 아이에게 어학연수는 영어 실력 향상과 함께 국제적 감각을 익힐 수 있는 경험을 할 수 있어 유익하지만 경제적으로 여유가 없어 현실적으로 불가능하기도 하죠.

부모는 남보다 내 아이의 목표를 위해 욕심을 냅니다. 조금이라도 어릴 때 영어를 시작하게 하려는 것이지요. 처음 영어 공부를 시작하는 아이에게 지나치게 많은 것을 요구하지 마세요. 부모가 아이에게 이것저것 강요하는 것은 오히려 방해가 될 수 있어요.

또한, 다른 아이와 비교해 아이를 다그치는 일은 영어에 두려움을 주는 요인이 됩니다. 주변에서 권하는 교재를 사 왔지만 내 아이는 어려워하며 풀지 못해 속상했던 기억이 한 번쯤 있으실 거예요. 하지만 내 아이가 또래 아이보다 낮은 수준의 영어를 공부하더라도 격려하고 기초부터 쌓게 도와주셔야 합니다.

영어는 어쩌면 아이에게는 두려운 존재예요. 부모가 욕심을 부리면 아이는 조급해질 뿐입니다. 부모의 기대치에 미치지 못하면 잔소리를 듣게 되고 악순환이 반복되어 결국 영어 자체를 멀리하는 경우도 생기지요.

누구나 처음 배우는 것에는 낯설고 어려워해요. 특히 영어는 더욱 그렇지요. 아이가 영어를 처음 시작할 때 거부감 없이 재미있게 공부하도록 도와주세요.

🌸 놀이를 통한 학습

놀이를 통한 학습은 그저 아이와 재미있게 노는 것만을 뜻하는 것이 아니라 '스트레스를 받지 않는 학습'을 말합니다. 우리가 실생활에서 사용하지 않았던 다른 나라의 언어를 외우고 익힌다는 것은 생각보다 많은 스트레스를 받게 합니다. 아직 스트레스를 스스로 이겨 내는 힘이 약한 어린아이들에게 자꾸만 영어 단어를 외우게 하고 억지로 영어를 말하게 하는 것은 큰 스트레스일 수밖에 없어요. 또한, 학습에 흥미를 잃을 뿐 아니라 심하면 거부감을 갖게 합니다. 평소 아이가 즐겨 하는 보드게임 등을 이용해 즐거운 분위기 속에서 자연스럽게 영어에 노출시키고 익히도록 돕게 하는 것이 영어 공부에 익숙하지 않은 아이들을 위한 방법입니다.

🌸 영어 동요, 영어 애니메이션으로 시각과 청각을 자극하는 학습

영어로 흘러나오는 노래를 한글 가사로 먼저 들어 본 후 영어 가사 그대로 따라 부르는 시간을 가져 봅니다. 그저 듣고 따라 말하는 학습이 아닌 아이에게 보다 재미있는 방법으로 학습할 수 있습니다. 이는 영어에 대한 거부감을 갖지 않게 합니다.

영어 애니메이션 역시 더빙판을 먼저 보고 대략 어떠한 내용인지 알 수 있게 해 준 후 영어가 그대로 나오는 영어판을 볼 수 있게 해 주세요. 대신 아이가 너무 시각적인 그림에만 빠져 있지 않도록 옆에

서 "방금 저 캐릭터가 뭐라고 말했지?", "지금 주인공이 말한 단어가 뭐야?" 하고 간단한 질문을 해 봅니다. 만약 아이가 제대로 대답하지 못한다면 질문에 관한 힌트로 자연스럽게 알려 줍니다.

　이때 너무 많은 질문을 하거나 알려 준 단어를 강제적으로 외우라고 하지 않도록 합니다. 자연스럽게 스스로 학습하여 스트레스받지 않게 하는 것이 중요합니다.

초기 알파벳 쓰기 학습 지도는 이렇게 해 봐요

1단계: 엄마는 아이와 함께 책과 연습장을 잘 보고 알파벳을 눈으로 구별해요.

2단계: 엄마가 연습장에 쓴 알파벳 대·소문자를 아이가 순서대로 따라 써 봅니다.

3단계: 엄마와 아이가 특정 단어의 알파벳을 대·소문자를 구분해

따라 써 봅니다.

4단계: 엄마와 아이가 함께 단어의 알파벳을 쓰며 노래를 부르고

발음해 봅니다.

5단계: 엄마와 아이가 배운 단어를 활용해 이야기를 나눕니다.

2

• 아이에게 맞는 영어 교재를 골라 주세요

영어 교재를 선택할 때 가장 중요한 기준은 아이의 취향과 관심 분야입니다. 아이와 함께 서점을 방문해 아이가 교재에 흥미를 느끼는지 살펴보고 고르는 것이 좋습니다. 엄마가 아이의 취향, 수준을 잘 알고 있으면 아이에게 적합한 영어 교재를 고를 수 있습니다.

각종 영어 교육 전문 사이트나 출판사에서 제시하는 영어 교육 로드맵을 반드시 따라갈 필요는 없습니다. 책에 나온 권장 나이는 '내 아이에게 권장할 만한 수준인가?'를 결정하는 기준일 뿐, 절대 조건은 아닙니다.

아이의 나이에 대한 자존심을 버려야 합니다. '다른 아이는 수준 높은 영어 동화를 술술 읽는데 우리 아이는 왜 뒤처질까?' 하는 고민 역시 버려야 합니다.

지역별 영어 도서관에서 아이 수준에 맞는 도서를 읽을 수 있는 독서 능력 진단 프로그램을 이용해 보세요. 아이의 읽기 능력을 확인하고 수준별로 책을 읽을 수 있도록 지도해 주세요.

부모와 아이가 이해할 수 있는 수준의 책을 고릅니다. 책을 읽어 줄 엄마가 충분히 이해하고 읽어 줄 수 있는 교재인지, 재미있게 가르칠 수 있는 교재인지 꼼꼼히 살펴봐야 합니다. 책에 나온 단어나 표현을 70퍼센트 이상 이해할 수 있는 책으로 구매합니다.

오디오 CD가 딸린 그림책을 구매합니다. CD는 무작정 들려주는 것이 아닌 먼저 교재를 함께 읽어 본 후 아이가 내용을 아는 상태에서 들려줍니다. 아이가 모르는 내용을 틀어 놓으면 아이는 전혀 이해하지 못하기 때문입니다.

또한 엄마의 목소리로 영어를 들려주는 것이 중요합니다. 좋지 않은 발음으로 가르쳤다가 아이의 발음이 나빠질까 우려하지 않아도 됩니다. 엄마의 목소리로 영어와 먼저 친숙해지게 한 다음 원어민이 녹음한 CD로 원어민의 발음을 들려주도록 합니다.

아이에게 문자를 먼저 보여 주면 아이는 입을 닫기 쉽습니다. 유아부터 미취학 아동에게는 유치할 정도로 쉬운 책을 보여 주세요.

남들이 좋다는 책, 인기 도서라고 소문난 교재, 비싼 전집만이 정답은 아닙니다. 아이에게 친숙한 생활이 담긴 그림책, 그림 하나에 짧은 문장 하나 정도 있는 책이 좋습니다. 이야기가 흥미진진하다면 그림이 많은 이야기책을 택하도록 합니다.

영어 교재, 어디서 구입하면 좋을까요?

❀ 영어 전문 온·오프라인 서점

제이와이북스닷컴: www.jybooks.com

애플리스외국어사: www.dialog.co.kr

에듀카코리아: www.educakorea.co.kr

인북스: www.inbooks.co.kr

키다리영어숍: www.ikidari.co.kr

에버북스: www.everbooks.co.kr

영어몰닷컴: www.youngeomall.com

잉글리시플러스: www.englishplus.co.kr

리틀존: www.littlejohn.co.kr

웬디북: www.wendybook.co.kr

이케이북: www.ekbook.com

❀ 영어 전문 도서관

국립어린이청소년도서관 외국아동자료실: www.nlcy.go.kr

마포어린이영어도서관: elc.mapo.go.kr

리더스메이트: www.readersmate.co.kr

닥터정이클래스: www.drjungeclass.com

도서관옆신호등: www.kidstd.com

LMP영어도서관: www.lmpcenter.com

서초구영어센터: eps.seocho.go.kr

북츄리: www.booktree.co.kr

KnK영어도서관: knk.winbook.kr

부산영어도서관: www.bel.go.kr

청파어린이영어도서관: www.celc.go.kr

미라클차일드영어도서관: 031-8005-5412

리딩랩: www.readinglab.co.kr

🌸 영어 도서 대여점

리딩플래닛: www.goreading.co.kr

리틀코리아: www.littlekorea.co.kr

북렌트: www.bookrent.co.kr

리브피아: www.libpia.com

생각이자라는나무: www.thinktreei.com

3

• 아이의 성향별로 영어 공부를 지도해 주세요

아이의 학습 형태별 효과적인 영어 공부 방법에는 어떤 것이 있을까요? 보통 영어 교육 전문가들은 아이들의 타고난 성향뿐만 아니라 그 아이가 학습에 임하는 형태별로 실제 활용하는 방법이 다르다고 지적하고 있습니다.

✿ 호기심이 많고 엉덩이가 가벼운 아이

한곳에 오래 앉아 있지 못하고 새로운 관심거리를 찾아다니는 아이는 집중력이 짧습니다. 이런 아이들은 새롭거나 재미가 있으면 더 효과적입니다. 교구나 교재 역시 한 번 봤던 것이 아닌 새것에 더욱 집중을 합니다. 게임이나 수업에 직접 참여할 수 있는 활동을 구성해 주고 주어진 과제를 잘 수행하면 그 자리에서 보상을 해 주는 것이 좋습니다.

❀ 너무 느리고 한참 기다려야 하는 아이

오랫동안 기다려 줘야 하는 대신 집중력이 좋습니다. 자존심이 세기 때문에 남 앞에서 실수하는 것을 두려워하고 싫어합니다. 처음부터 그룹 수업이나 참여 수업을 하기보다는 1:1 수업을 해 주는 것이 좋습니다. 우리말 발달이 빠르다면 영어에 조금 일찍 노출해 자신감을 키워 주는 것도 좋습니다.

❀ 쉬지 않고 말하는 것을 좋아하는 아이

이런 아이는 언어적 적성이 뛰어난 경우가 많습니다. 영어도 남들보다 빠른 속도로 습득할 수 있습니다. 그룹 상황에서 쉽게 지적당하기 쉽고 유치원 등에서는 문제가 되지 않아도 초등학교에서는 오히려 일명 '나대는' 아이로 평가받기 쉽습니다. 따라서 영어에 조금 일찍 노출해 많은 경험을 할 수 있도록 해 주는 것이 좋습니다.

✿ 하라는 대로 다 따라 하는 모범생

딱히 싫어하는 것도, 그렇다고 빠져들 정도로 좋아하는 것도 없지만 선생님이나 엄마 말에 잘 따라오는 모범생이라면 일정한 틀에 정해진 수업과 선생님과의 유대 관계가 무엇보다 중요합니다. 한 수업 내에서 노래했다가 책을 읽었다가 음악을 들었다가 하는 무계획적 수업보다 시작할 때는 노래를 부르고, 노래가 끝나면 그림책을 읽고, 마무리는 다시 노래를 부르는 등으로 일정한 틀을 유지하는 수업이 효과적입니다.

4

● 영어를 왜 공부해야 하는지 목표를 세워 보세요

영어를 재미있게 공부해야 능률이 오른다는 말은 누구나 알고 있는 사실입니다. 그러나 영어를 재미있게 공부하는 학생은 주변에서 찾기 어려워요. 재미있게만 공부한 학생 대부분은 영어 실력이 별로이거나 기본이 부족하기 마련입니다.

영어 공부는 그냥 단어만 외우는 것으로 끝이 아닙니다. 외운 단어는 독해 문장을 통해 읽어 보고, 그 단어를 활용해 문장을 만들어 보는 활용과 반복이 중요하지요.

하지만 한두 번 보고 본인이 습득한 단어라고 착각하는 아이들이 꽤 많습니다. 영어 단어는 반복하지 않으면 금방 잊어버립니다. 탄탄한 영어 실력을 갖추기 위해서는 반복적인 노력이 필요합니다.

우리나라에서 영어를 공부하는 가장 큰 이유는 입시와 진학입니다. 그 때문에 즐겁고 재미있는 공부를 하기가 어렵지요.

영어는 머리가 좋은 사람이 잘할 수 있는 과목이 아닙니다. 매일 영어를 가까이하는 사람들이 영어를 잘합니다. 모르는 것을 대충 넘어 가지 않고 내 것이 되었는지를 확인해야 합니다.

아이에게 영어 공부의 목표를 설정하도록 도와주세요. 영어 공부를 함으로써 자신의 꿈에 더 가까이 다가설 수 있다는 사실을 알려줌으로써 힘을 불어넣어 줘야 합니다. 영어 실력 향상을 위해 우선 아이가 영어를 왜 공부하고 무엇을 위함인지 목표를 세우록 도와주세요.

만약 그냥 입시를 기본으로 한다면 먼저 입시에 대해 알아야 하며, 그 입시를 정복하는 데 필요한 영어 능력 대비 우리 아이가 어떤 영역이 어떻게 부족한지 파악해야 합니다.

지금 영어를 왜 공부해야 하는지 영어에 대한 호기심과 재미를 붙일 수 있도록 목표 설정을 하게 하고 동기를 유발하면서 스스로 학습을 할 수 있도록 도와줘야 합니다.

아이가 무엇을 목적으로 공부해야 하는지 모른 채 초등학교 고학년이나 중학생이 된다면 갑자기 입시 영어로 전환하는 것이 아이에게 거부감과 혼란, 큰 부담을 줄 수 있습니다.

무조건 해야 한다는 마음으로 공부하게 만드는 것보다 자신의 꿈이 무엇인지, 그 꿈을 실현하기 위한 목표가 무엇인지에 대해 아이 스스로 고민하게 도와주세요.

5

• 아이의 마음을 알아주고 이해해 주세요

"어릴 땐 영어 공부가 좋다고 하더니 이제는 하라고 해도 하길 싫어합니다."

"유명하다는 학원도 보내고, 비싼 원어민 과외도 하고, 재밌다는 인터넷 사이트도 유료 가입해 줬는데도 영어에 대한 흥미가 없어요."

많은 부모가 하고 있는 고민입니다. 부모는 아이에게 갖가지 방법으로 영어에 대한 흥미를 끌어내게 합니다. 하지만 아이들의 반응은 점점 시들해지고 실력도 떨어집니다. 이러다 다른 아이들보다 실력이 뒤처지는 건 아닌가 걱정이 되어 아이에게 "다 너 잘 되라고 하는 거야. 싫어도 해야 하는 거야."라고 윽박지른 적이 있나요?

영어를 좋아하고 어느 정도 영어 실력이 있는 부모는 흔치 않습니다. 부모도 싫어하고 잘 하지 못하는 영어를 매일 강요하고 온갖 방법으로 조르고 다그친다면 어떨 것 같나요?

아이들이 영어 공부를 죽도록 하기 싫은 이유도 여기에 있습니다.

요즘은 어려서부터 영어를 시작합니다. 영어를 무조건 공부해야 한다고 믿고 자연스럽게 강요받아 흥미를 유발할 기회조차 얻지 못하지요. 이것을 주입식 교육이라고도 부릅니다.

주입식 교육에 대한 스트레스로 아동, 청소년 심리 상담소나 센터를 찾는 아이도 늘었습니다. 부모가 영어에 대해 강요하면 부담이 어려움으로, 어려움이 귀찮음으로, 귀찮음이 강요로 변해 '영어는 싫은 것'으로 각인되고 맙니다.

✿ 아이들의 눈높이에서 영어를 접하게 도와주세요

언제나 아이들의 처지에서 직접 체험하고 느끼고 배우도록 해 주세요. 다른 아이가 한다고 우리 아이도 해야 한다는 강박 관념을 버리세요.

✿ 비교하지 마세요

"너는 왜 누구보다 못하니?"라고 자녀를 비교하신 적이 있나요?
때로는 자극이 될 수 있지만 대부분은 상처가 됩니다. 아이의 자신감
마저 위축되며 스트레스가 될 수 있으니 피해 주세요.

✿ 아이들을 속이지 마세요

"이렇게 하면 더 재미있고 좋다."라고 아이를 속이지 말아야 합니
다. 아이들이 속는 것은 한두 번뿐입니다. 속다 보면 엄마가 새롭게
생긴 학원에 가자거나 새로운 교재로 공부하자고 할 때 지겨워할 것
입니다.

✿ 소통에 힘써 보세요

부모인 내가 아닌 아이가 원하는 것, 필요로 하는 것, 좋아하는 것

이 무엇인지 파악해 알아 가려고 노력해야 합니다. 소통에 힘쓰다 보면 내 아이가 어떤 아이인지 자연스럽게 알게 됩니다. 서로 간의 소통을 통해 충분히 파악한 뒤에 영어 공부를 할 수 있는 여건을 만들어 주세요.

🌸 무작정 학원만 믿지 마세요

맞벌이 부모가 늘면서 살림살이와 직장 업무 때문에 아이에게 소홀한 경우가 생깁니다. 일에 치여 일일이 아이를 확인하는 것 자체가 힘이 들기 때문입니다. 그러나 무작정 학원에 의지하면 어렸을 때 잘못 형성된 영어 학습 이미지가 오래 남아 더 큰 고민이 될 수 있습니다.

6

 • 주변의 영어 강좌를 활용해 보세요

우리 아이도 어학연수를 보내고 싶고 좋은 영어 학원에 보내고 싶지만 그 비용이 만만치 않습니다. 아이가 영어를 잘하기 위해서는 큰 비용이 들어갑니다. 하지만 주변에서 잘 찾아보면 비싼 비용을 들이지 않고도 저렴하게 영어 공부를 할 수 있는 프로그램이 많습니다.

🍀 방과 후에 진행되는 영어 강의

지나친 사교육비를 막기 위해 요즘 학교에서는 방과 후 수업을 진행합니다. 방과 후에 진행되는 수업이므로 약간의 비용이 저렴한 편이어서 경제적 형편이 좋지 않은 부모에게는 인기가 있습니다.

광주의 한 학교에서는 '방과 후 화상 영어 돌봄 교실'을 열었습니다. 원어민 화상 전화 상담실을 통해 1회당 20분씩 매주 2회에 걸쳐 원어민 교사와 영어 회화 수업을 하는 것이지요. 초등학교 교과서를 토대로 원어민 화상 전화 상담실에서 자체 제작한 방과 후 화상 영어 수업 교재와, 학생이 희망하는 경우 헤드셋, 웹캠 등 화상 수업 장비도 참여 학생들에게 무료로 제공하기도 했습니다.

❀ 구청이나 동사무소에서 진행하는 영어 프로그램

구청, 동사무소에서도 원어민 영어 프로그램을 신설해 접수를 하고 있습니다. 여름 방학, 겨울 방학이 다가올 즈음에 동사무소나 구청 홈페이지를 확인하는 것이 좋습니다. 이곳에서 진행하는 프로그램은 알차고 가격도 저렴하기 때문에 쉽게 접수가 마감되므로 미리 정보를 얻어 접수하는 것이 좋습니다.

❀ 야후 꾸러기, 네이버 영어 게임 등

아이들이 가장 많이 사용하는 것은 인터넷입니다. 아이들이 쉽게 홈페이지를 열어 자신이 영어 음악을 듣거나 영어 게임을 하도록 도와주세요. 영어 말고도 다양한 과목과 관련된 게임이 있으니 아이가 게임만 한다고 야단을 치기보다는 예쁜 캐릭터와 친숙해질 수 있는 영어 게임을 선택해서 보여 주세요.

🌸 영어 마을, 영어 캠프

영어로 일일 체험을 하고 싶다면 파주 영어 마을을 이용하는 것도 좋습니다. 파주 영어 마을에 가면 먼저 출입국 심사대 앞에 줄을 서서 매표소에서 받은 여권을 제시합니다. 원어민 선생님과 간단한 영어 인터뷰를 마치고 입국 확인 도장을 받은 후 영어 체험을 시작합니다. 아이들을 대상으로 은행, 우체국, 경찰서 및 병원에서 사용할 수 있는 표현을 상황별 역할극 체험을 통해 학습하는 공공체험 프로그램도 있습니다. 이외에도 며칠 동안 진행되는 영어 캠프도 있으니 자녀가 다양한 프로그램에 참여할 수 있도록 기회를 만들어 주세요.